人生充满苦痛

我们有幸来过

目 录

七个你 ································· 1

马克·吕布或吴冠中先生 ··············· 21

中国鲤 ································· 39

说服 ··································· 65

刀宴 ··································· 81

金鱼的旅行 ····························· 95

芭比娃娃 ······························· 125

赫本啊赫本 ····························· 169

点点滴滴（后记）······················· 209

七个你

我,我的,I, me, my, mine……这些是你最厌恶的词。

现在的你才有最可靠、最全面、最本色、最值得信赖的灵魂。

一周七天,七个你,现在开始。

周一,苏城

疲惫、无望的一天。今天,你是苏城。反着想,看见地铁车厢里一堆堆的沙丁鱼,笑吧,大声笑吧!

你把这里想象成大海,黑色的、黏稠的、不会呼吸的大海;想象沙丁鱼全差不多快窒息而亡了——它们的身体软弱无力,靠着最近的物体。有的睁大眼睛,流露出的是无望的眼神；有的张大嘴巴，呼出的却是一股股宿便未净的气息。

它们已经奄奄一息了。

这列地铁，不，这条燃烧的鲸鱼正在奔跑。

一条鲸鱼，一辈子要他妈的跑一百万海里呢。

你这一辈子要跑多少路，要毁掉多少支画笔？

你是插画师，你是插画师苏城，其他人不知道你的其他六个名字。没必要知道。这是你的快乐之源。你的手机始终处于静音状态——苏城的真漫友、苏城的假漫友，这是插画圈朋友来电显示的提醒标签，其他朋友另有标记方法。你只发短信与他们联络。

你躲在鲸鱼的喉咙边，距离鲸鱼的胃和肛门挺远的，这里的黏液和臭味相对少些，呼吸系统能送来半新鲜的空气。躲在那儿，能首先看见一批一批的沙丁鱼被鲸鱼的大嘴吸进来。哪条沙丁鱼不顺眼，你会偷偷伸出膝盖顶住它身体的某个部位——膝盖、大腿、裤裆、屁股，使劲顶！

这条沙丁鱼被挤出去了，无奈地站在那儿，等着下一条鲸鱼靠岸。你想笑，可是看见他落寞的表情你突然笑不出来了。那一刻，你想把自己挤下去，和他站在一起等待下一条鲸鱼，可是你死活挤不下去，你被一条母沙丁鱼肥胖的乳房压住了。

你走在湿热的街头，你没有多余的钱坐出租车。你的手机有了新短信：假微友酷拳。他说：长翅膀的猪，你怎么一周才上一次微博啊。"长翅膀的猪"是你的微博用户名，你只在周三才去微博遛一圈。你懒得理他，你把手机号码留给他纯粹是为了让他提醒你：你在周三的名字是"长翅膀的猪"。他是你周三的闹钟之一。你有几个微博朋友？你不记得了。

插画总监是个老色鬼。有一次，你把画笔放在桌上，回来的时候，他正拿着画笔使劲闻呢。恶心啊！那就恶心到底吧！你把用过的卫生巾裹住画笔，使劲擦，使劲擦，使劲擦，然后取出放在桌上。你在门缝里偷看，那个老男人闻得可起劲啦！啦啦啦……啦啦啦……啦啦啦……你在这里继续工作的唯一缘由就是一周来公司工作一天，其他时间自由支配。

你正在为公司画一个恐怖故事。一个七岁小女孩学习做饭烧菜，就是为了将来某一天在饭菜里悄悄投放隐秘毒素，神不知鬼不觉杀死继母——继母把小女孩的妈妈挤出了家门。小女孩十二岁的时候完成了她的梦想。

可是故事的结局太老套了,小女孩自杀了。为什么要自杀?小女孩应该成功逃跑,奔向了自由世界,还找到一个深爱她的男孩!老板说,读者喜欢重口味的东西,可是重口味也要有底线。底线?这个世界杀人的人不是活得好好的吗?

苏城,你才华出众,你……老板在夸你。可是你从不相信中年男人,你说这辈子不结婚也不会找自以为是、世故油滑的中年男人。你把那支脏画笔扔进垃圾桶,对他说大姨妈来了,要先撤了。

你的手机闪了一下,是霍金粉丝团雷达。他说:霍金的仆人,最远的星辰发现了,距离地球一百三十亿光年!你参加明晚的观星活动吗?想请你吃饭。雷达喜欢你,想追你呢。"霍金的仆人"是你周二的名字。你走出门,给雷达发短信:你是一百三十亿光年之外的那个怪兽!

周二,霍金的仆人

你记得很清楚,那年你七岁,那天是星期二。你和那个想杀死继母的小女孩同岁。你在看电视,你的爸妈冷战一个月后爆发了最后的决战。他们在你面前谩骂、撕扯,打碎花瓶和热水壶,撕碎结婚证。你不想劝架,早已习惯了他们的争吵。你嘻嘻笑,静静地看电视,看见一个坐在轮椅上歪着脑袋的男人,他好像还在流口水。

你的爸妈盯着你说,你将来跟谁?这时你听见电视上的男人在说话:去宇宙深处吧,那里奥妙无穷,不要在宇宙面前傲慢,人类多么渺小脆弱……你站起身,对他们说:你们去离婚吧。

你记住了霍金。你还记住了霍金旁边的那个女人。她推着霍金在草坪上晒太阳,擦拭霍金额头上的细汗和嘴角的口水。她是谁?你小小年纪就开始读《时间简史》和《果壳里的宇宙》,经常望着头顶上的夜空发呆。

谁在天上住?你问奶奶。

老天爷。奶奶说。

霍金让你相信时间是破碎的,时间和空间可以相互穿梭,外星怪兽是真实存在的,他们就在人类身边,可是人类的智慧和眼睛有缺陷,根本看不见,也感受不到。邪恶的人类在邪恶面前总是睁眼瞎。这是宇宙之神对人类的惩罚？人类最终都会变成瞎子吗？

霍金让你感觉到眼前镜子的魔力：你站在镜子面前写字，你写的字在镜子里是反的，你的手在镜子里也是反的。左手变右手，右手变左手。你伸出右手，想和镜子里的那个左手相握。你渴望两手相握，握住就可能诞生你的反物质，只需几克反物质就能毁灭地球啊！你握手的功力还不够，你鼓励自己继续努力。

不要招惹他们，霍金让你知道，愤怒的外星生物会攻击地球。可以想象他们，用你的笔画他们，霍金在你的梦里说，你想不想找一个宇宙妈妈？

你画了很多外星怪兽，贴在墙上，放在博客里，你是霍金粉丝团的第一插画师。在你的画里，你是外星怪兽，无性别的怪兽。你挤走了那个女人，变成了霍金的仆人，你乐意成为霍金的仆人。

你推着霍金在小雨里散步，喂他中国的小馄饨，还有你爱吃的奶油包；你推着霍金升入星云，抚摸巨大而细腻的星座——遥远的地球小极了，比蚂蚁拉出的小小粪球还小。你有一个尾巴，你用卷曲的尾巴夹紧手绢，擦拭霍金的额头和嘴角。

你爱的不是霍金,而是他的大脑。桌上有你捏的霍金橡皮泥人,围着围脖,双手叉腰,站在那儿一会儿望望你,一会儿望望窗外。

你拉上窗帘,把这个小房间想象成一个会飞的盒子。唯一的缺憾就是这里没有卫生间,霍金上厕所怎么办呢?

捏一个吧。周到的仆人。

下周你要学会足底按摩,霍金一定喜欢你的服务。

星期二的你是宇宙的你。

今天你为霍金捏了一个小巧的厕所。

周三,长翅膀的猪

你朝微博招招手,吐吐舌头,说天气真好啊。

你打出一个"猪"字,看你的同类在干什么。

你看到十几条私信,都指向同一个迷惑:长翅膀的猪,你飞哪儿去了?围脖上有一条"猪"的帖子,可有意思啦,你怎么不发言啊?你去看,笑晕啦。

你坐在马桶上拿手机翻看新浪微博。据说蹲厕所大笑几声对肠胃甚好。你看着这些文字,肚子笑疼啦!

你大声念着原帖和跟帖：

@作业本：一天没读书，感觉很像猪。

@我的鱼罐头：多读一点书，早点变成猪。

@philosopher：都读盗版书，作者去杀猪。

@陈晓晖：天天在作书，感觉像喂猪。

@张红丽Hily：全都不买书，库存去换猪。

@陈妍妞妞：全都不读书，满眼都是猪。

@佳怡plus1：买书不读书，花钱去喂猪。

@五阿甘：只要一读书，满脑都是猪。

@小个子猫：天天不读书，天天都是猪。

@幽默语录王：读一辈子书，来生还是猪。

@星可以摘：读了半天书，还是一头猪。

@尼可金：天天都读书，可惜还是猪。

@Janke：既然都是猪，何苦要读书。

@猫太乖：来生愿是猪，就可不读书。

@予蔓：不想去读书，只想睡成猪。

@草莓百分：从小不读书，长大变成猪。

@PiggyWang：本来就是猪，所以不读书。

@露娜屁：只要一读书，才知我是猪。

@姜楠妈：整天死读书，就会变傻猪。

@云影：今天不读书，明天去养猪。

@大虫子：偷闲读本书，做头快乐猪。

@FREE-MEMO：本来就是猪，何必要读书。

@znanye：我家有本书，教我咋养猪。

@答答讲故事：买书不看书，假装不是猪。

@杨腰子：偶尔才读书，不知是啥猪。

@我叫王一强：宁愿去做猪，也要去读书。

@丁零当咣咚：你们都是猪，我是那本书。

@小美人儿飞飞：猪猪即书书，书书即猪猪。

@黑色柳丁的加州阳光：我就不读书，我也不是猪。

@W丛聪：为了不读书，立誓当只猪。

@我的鱼罐头：多读一点书，早点变成猪。

@smileappleoo：谁让我读书，谁是大笨猪。

@年轮蛋糕：不好好读书，只能嫁给猪！

你的下巴快笑掉啦。你发了一条帖子：长翅膀的猪笑得拉不出来啦！

周四，女德普

你不能同时喜欢两个男人。

莱昂纳多·迪卡普里奥和约翰尼·德普。

一年前，你做出了选择。你把画笔指向后者，然后心无旁骛地喜欢他。靠墙的书架说明一切：《加勒比海盗》、《剪刀手爱德华》、《浓情巧克力》……这些电影海报是你的宝贝，还有他的照片集、面具、插画，都整整齐齐摆放在那儿，上面还盖着两条黑丝巾防止灰尘。

今天凌晨，你醒来，跳跃着走过去，掀开丝巾，细细端详他，耳边响起他的话："我对任何事情都深感好奇，但追逐某些好奇的方式却是极不正当的，可惜那时没人管得了我。于是我十二岁学会了抽烟，十三岁就不再是处男，十四岁品尝了大麻的滋味，十五岁文身，十六岁敢在超市里顺手牵羊……但你能说我是个彻头彻尾的坏种吗？不！"

你都二十二岁了，你干过什么了？

你在凌晨洗完澡，取出画笔，坐在地上。你用那支最硬的画笔，开始给自己画刺青，德普身上的刺青真酷啊！

右上臂下方画上了印第安酋长的头像。右前臂画上一只鸟。这是什么鸟？下周四搜索一下。

右臂上方画上 Wino Forever。

Winona Forever，永远的薇诺娜，可是情随风逝，德普去掉了字母 n 和 a，刺青变成了 Wino Forever——永远做酒鬼。

右手食指画上三个长方形的图纹。什么意思？

右脚踝画上骷髅头与两根交叉骨头。

右小腿外侧，一个骷髅旗的文身。

右腿内侧，踝关节稍往上，画上一个问号。

左手虎口画上数字三，德普说过，"三"对他来说是一个神秘的数字。你的神秘数字是几？是七。你在右手虎口画上数字七。

3+7=10，圆满的数字。

你在凌晨大笑了好几声。剩下的几个刺青下周四再画吧。你小心翼翼躺在地上，累了，听见隔壁一对情侣的缠绵，感到一丝兴奋和寂寞。

你扭头看着德普，小声说：陪陪我好吗？

德普说：好啊。

你笑着闭上眼睛,坠入梦乡。

黄昏时分,你吃了一碗泡面,去看《盗梦空间》,你身上的刺青图案引起围观,一个小女孩被吓得缩脖子、撇嘴巴。

今天你是女德普。

看见那个男人在电影里被杀手追杀,你喊出一声:德普,他们要杀你啦!快跑啊!看完电影,你回到屋里问德普:《盗梦空间》到底有几层梦境?

德普说:这个电影很棒!莱昂纳多·迪卡普里奥演得很好!对你来说,电影里的梦境有七层。

周五,丧家鸡

孔子自称丧家狗,这比喻让老夫子显得像个春秋幽默男。

你的好室友说画漫画不挣钱,工作太难找了,毕业没多久去了一家酒吧,做了酒吧女;再后来,她去了歌厅,周五黄昏前是她的休息日,也是你们约定见面聊天吃饭的日子。她说她是丧家鸡。你知道"鸡"的含义。

她抽烟很猛,牙齿里面都熏黑了。你突然想画一只鸡的漫画故事,鸡的无奈、矛盾、奋斗、痛苦、挣扎、希望……你越想越来劲。你无意嘲讽任何女人,你甚至认为自己在另一种意义上也是一只丧家鸡。你七岁时就没有了家。

她很羡慕你的朴素,说她快化妆成鬼了,还说男人就喜欢看起来像你这样的学生妹,干净,还懂艺术。

她没有设防,讲臭男人的故事:啃女人脚指头的男人、舔女人底裤的男人、喜欢被高跟鞋踩踏的男人、咬女人胸口的男人、装扮成女人的男人……你听傻了。

你觉出她的自卑,不想因此失去一位好姐妹。来之前你就想好了,今天你也是丧家鸡。你在她耳朵边说你是丧家鸡,她先是吃惊,接着眼里有点湿润。

你脱下上衣,卷起裤腿,露出刺青,说昨晚太累忘了洗。她非常吃惊,张大嘴巴,然后笑着说有些男人看见了会兴奋死的。下周五再见面时,你会在 A 罩杯乳房上画两只鸡,一只送给她,一只送给你自己。你的漫画故事题目也想好了:一周见一面的两只鸡。

你们两个人的晚餐丰盛极了:辣子鸡、宫爆鸡丁、炸鸡串、鸡丝凉面、西红柿炒鸡蛋、五香凤爪、辣鸡翅、鸡蛋羹。

鸡是伟大的动物，是人类的好伙伴。

说完这句话，你们俩沉默了好久好久。

周六，哑巴

一周做一天哑巴。你是这样想的。让手里的活计在街头说话。今天，你的名字叫哑巴。这几年，你在地铁口和天桥上，见过数不清的同龄人弹吉他、唱歌、为路人画肖像画，没见过同龄人低声下气地乞讨。

你还见过满头白发的瞎老头坐在雪地里拉二胡，你站在雪地里听，出了神，想到瞎子阿炳的故事；身上只有十块钱了，你晕乎乎掏出来，从中间撕开，一分为二，放在瞎老头的铁罐里。你走出好远才意识到刚才愚蠢的举动，又踩着雪水折回去，可是瞎老头已经不见了，他坐过的痕迹也被大雪淹没了。

今天的太阳好毒啊，像烧焦的蛋黄。风，静止炽热。你把手机放在屋里。你边走边选街角，你看见一块孤独的石头，就走过去坐在边上。

你拿出画具，手握画笔画板，等着第一个停下来的人。十几分钟前，你想上厕所，现在这个欲念已经消失，你笑了笑，知道尿液被太阳吸走了。

为您画肖像，一幅十块钱。

圆滚滚的可爱卡通体写好啦！

感觉汗水从脊背往下淌，在尾骨那儿歇息了，痒痒的。你靠在墙上，闭上眼，揣摩着跟电视学习过的哑语。我是画画的……请保持安静姿势……你喜欢吗……谢谢你……

天气好热啊！这句话用哑语怎样表达？一根手指指着天，一个手掌给自己扇风？或许是这样吧。

你睁开眼，发现一条小黑狗趴在你面前，静静地望着你，舌头一伸一缩，脑袋时不时扭一下。你来了精神，开始给小狗画画。小狗很听话，似乎知道你在干什么。

周围开始聚集围观者。

一个说：狗会给你钱啊。

一个说：这条狗是托儿。

你画完一幅，接着又画一幅，你一连画了三幅。

一个建筑农民工蹲下来，说：能给我画一张吗？

你点点头。

他说：不是给我画，给我儿子画。他掏出一张照片，小男孩有四五岁，瘦瘦的，头发稀疏，眼睛挺大的。你取过照片，点点头，正准备动笔，他又摆摆手，说：我儿子三年前死了，我想让你画一张他现在的像，他今年夏天就该满七岁了。

你忽然明白了。围观者七嘴八舌议论。你咽口唾沫，仔细端详他的表情、五官，想象他儿子七岁时的眉眼。他的儿子应该戴着红领巾上小学一年级了，头发应该又黑又密了吧，还有他的脸颊应该是胖乎乎的，眼睛是笑的。

你开始画，非常用心地画，好像全部的才艺和情绪都投入到了画笔之下。身形轮廓打稿，脑袋和四肢初显，接着勾勒眉眼；短衬衫、短裤、肩上的书包带、红领巾，他的眼睛和嘴巴开始笑了。你开始上色：衬衣是现成的白色，短裤是天蓝色，红领巾自然是红色，书包带是浅咖啡色，他的脸庞是淡淡的泛光的肉色。

你把画稿递给这个男人，看见他颤抖的手和嘴。他把十元人民币塞进你手里，低着头，一步一步消失在明晃晃的光线里。

小姑娘，喝杯水吧。一个人说。

你摇摇头，笑了笑。

要不吃根冰棍吧。一个人说。

你摆摆手，指指包里的水。

这孩子是哑巴吧。两个人几乎同时说。

你望着他们笑了，用力点点头。

真是哑巴？有人蹲下身盯着你的嘴巴。

是哑巴！你用手指用力打着哑语：是哑巴！

他们都让你画了一幅画。一共有二十几个人呢。

黄昏时分，你收拾好画具往家走，那条小黑狗一直跟着你。你把它领回家，给它洗澡，倒上清水，才发现它是一条小白狗。你给它起了一个名字：黑变白。你控制着自己不说话，今天还没过去，今天你可是哑巴。

周日，小厨娘

初恋故事只会变淡，谁也不能彻底忘却。

你时时想起那段故事，因为你现在没有爱情。

今天，你是小厨娘，为往日做饭，感觉身边有爱。

那张旧桌子还在，椅子一人一把，放在两边。

西红柿炒鸡蛋、尖椒炒肉丝、凉拌黄瓜、奶黄包、煮玉米、麻婆豆腐、南瓜粥。你很会做饭，现在，你只在周日做这顿饭，给自己做这顿饭。

两副碗筷，整齐摆好，再摆上两瓶啤酒、两听可乐。

你把黑变白抱在对面的椅子上，它很乖，静静地望着你。往日你也这样坐，对面是空的，可这不妨碍你度过愉快的一天。爱情，其实是一种姿态，就像一个人的时间，你可以用感觉把它拉长，也可以把它缩短。

嗨，你对黑变白说，你喜欢这个家吗？

黑变白情绪开始激动，舌头快速伸缩，盯着眼前的饭菜。

你恋爱过吗？你继续说话。

黑变白叫了一声，小爪子想伸向碗筷。

你轻轻按住它的小爪子，说：等我说完一起吃好吗？

你说你恋爱过一次，唯一的一次。他后来又爱上了另一个女孩，可你没有爱上另一个男孩。男孩说，结束了，可是真结束了吗？

黑变白似乎听懂了，嗓子里发出嘤嘤的声音，舌头尖露在嘴唇外面一点点,神情专注极了。

你说你每周只恋爱一天。就在今天。

黑变白似乎在笑,狗真会笑啊。

你们俩开始吃饭,你对着瓶嘴喝酒,只喝酒不吃菜。你给黑变白也倒了一小杯,它喝了一小口表情很怪异,你笑出了声。你闭上眼,听黑变白吃饭的声音,感觉像听音乐。

你有点晕,躺在地板上,黑变白跑过来,在你的脚边坐下。你弯曲手指招呼它过来,它走到你的脑袋边,卧在那儿,眼睛一眨不眨地看着你。

你温柔地搂住它,闭着眼喃喃低语:今天是小厨娘……明天是苏城……后天是霍金的仆人……大后天是长翅膀的猪……大大后天是女德普……大大大后天是丧家鸡……大大大大后天……是哑巴……黑变白……你能记住吗?

马克·吕布或吴冠中先生

我叫何西递,出生在徽州古村落西递。我的父母是文盲,他们说这名字是顺手从地上捡起来的。小时候,我不喜欢这个名字,而现在,"西递"这两个字能让很多人一下子记住我。

我和艾树就是因为"西递"这两个字认识的。我去蓝色港湾单向街书店参加一个文化沙龙,艾树坐在我旁边,正在擦拭照相机镜头,一位老朋友隔着两排座位叫我"西递"、"西递"。我和他闲谈几句后坐下来。过了一会儿,我听见她的声音:"我刚从西递回来,挺好的古村落。"

"西递是我老家,"我伸出手,"我叫何西递。"

她轻握一下,说:"我叫艾树,艾青的艾,树……"她的手指纤细,有凉意。

"树木的树。"我想应该是这样。

她没有马上回答,边装镜头边缓缓地说:"西递的递……要是改成弟弟的弟……味道就差多啦。"眼前的她很有趣,我忍不住说:"听完讲座我想请你喝咖啡。"

"好啊。"她爽快地说。

喝咖啡的时候,她说有一个马克·吕布的摄影展,刚从上海移师北京,想去看看。我说我也想去看看。她笑着点点头,喝完杯中咖啡,留下联系电话,和我挥手道了别。她在路口消失后很久我才回过神,琢磨着我和她偶遇的味道——我失恋半年了,也想开始新的恋爱经历。

那天下午,我和艾树来到了中央美术学院艺术馆,观看马克·吕布先生的摄影展。外面很热,我们见面时笑了笑,没有多说话,直接往馆里走。她穿一件麻布长裙,脚蹬人字拖,头发好像刚修过,比那天更短了。她胸前挂着的黑色单反相机随着她的步伐一晃一晃的;肩上斜挎着一个几种颜色杂糅在一起的布包,和她的裙子搭配得很协调。

参观票是我先到提前买好的,她有点不好意思。艺术馆的空间错落有致,里面凉气宜人,巨大的玻璃窗外是北京盛夏炽热的天空。我们顺着指示箭头上了二楼,马克·吕布先生的作品展安排在一个狭长的展厅,照片一幅幅镶在玻璃木框里,静静地挂在修长的墙壁上,每幅照片上方还安置着一个小射灯;观者不多,寥寥的身影一会儿静,一会儿动,舒缓地移步交错。空间和照片,安静的观者,一部有关马克·吕布摄影之路的纪录片在一个角落循环播放。艾树朝我一笑,潜台词是说开始看照片吧。

艾树静静地欣赏照片,我跟在她身边,随她走,随她停。四周无人,我小声对艾树说:"你喜欢马克·吕布多少年了?你那天好像说过,我忘了。"

"九年。"她小声说。

我还不知道艾树的年龄,所以无从知晓她何年喜欢上马克·吕布。

"我十五岁喜欢上他的……"她又不经意地补充一句。

她的侧影很好看。我想,她通过这种方式告诉我实际年龄是在暗示对我的进一步信任吧。说实话,见她第一面时,我就喜欢上了她,喜欢她身上单纯又直率的气息。

"你最喜欢哪一个摄影家?"她看着照片问我。

"我最喜欢吴冠中。"

"谁？"她似乎没听清，看我一眼。

"吴冠中先生。"

"哦……"她若有所思地点点头。

"你喜欢他的画吗？"

"还行吧。"她继续往前走。

"还行？"要是别人，我想我会直接争论的。

"马克·吕布的作品平实朴素，藏着故事，能让人安静下来。"

"吴冠中先生的画也挺安静的……"我实话实说。

"哦……他的画我看得不多，我更喜欢……"她指指墙上的照片，语调冷静。

我听见自己长出了一口气，展厅里很静，我的呼吸真像一个动物的鼻息。一阵沉默。我对摄影只是喜欢，远远谈不上痴迷和专业，还是少谈摄影话题为好。

艾树拿出一个本子，开始边看照片边做笔记。她的笔迹瘦长而有力，纸上的字似乎能静下来，也能飞出去，和平常女孩的字体相差很大。我站在她身边，听见她的自言自语："真想下大雪的时候去故宫走一走看一看……拍得真好……"

我仔细凝视这幅照片：一九五七年的故宫一角，寂静肃穆的雪景，一个男人的黑背影，他的双手插在棉袍里，独自沿着清扫出来的一条小路前行。我点点头，余光发现艾树开始看下一幅照片了。

我跟过去看，照片上的人物是一位解放军战士，穿戴着上个世纪七十年代的军装，站在一根圆柱旁，好像在站岗放哨。艾树忽然扭头盯着我的眼睛——只盯着我的眼睛。"让我看看你的眼神。"她的声音是正常说话的语调，但在展厅里显得很响亮，走在前面的几位观者在扭头看我们。

"眼神？"我眨眨眼，一时恍惚了。

"那个年代的男人才可能有这样的眼神吧……"她低下头，若有所思地说，在本子上快速记录。我无语，感觉到一丝不舒服。

"何西递，我看照片挺慢的，你想去看会儿纪录片吗？"她抬起头看着我轻声说道，语气是平静上扬的，可我读出的是静默的指令。

马克·吕布先生坐在一列疾行的火车里接受采访。他满头白发，躬着身子，看着摄影机镜头。他的法语发音像他的照片，柔和中带着冷静。他的眼神过一会儿会望向窗外，仿佛陷入了某种回忆。屏幕下方时隐时现着汉语字幕。

纪录片是循环播放的，我想从头细看，移到最后面的位置坐下。我扭头看见了艾树的背影，一个男人正在和她搭讪。我想走过去，刚站起身，发现男人已经走了。我松口气，笑自己太敏感、太急切。同时，我也有些后悔——我明知道今天要来看马克·吕布的展览，为什么不提前补习一下？任何时候，知识都是男人有力的武器啊。

我已经犯下了第一个错误——还好，我还没有直接评论马克·吕布先生的作品，还没有过多暴露自己的知识欠缺。我掏出纸和笔，脑子里忽然闪现某一天读过的一句话：爱情就是爱他所爱的。

现在，我所能做的就是静下心来仔细欣赏这部纪录片。纪录片的开头是这样一句话：视觉是心灵的乐园。一头白发的马克·吕布双手插在裤兜里走出来，看着观众，缓缓说道："有传言说我一生都不停地去中国。这不完全正确，但我确实无法掩饰对中国的喜爱：我喜欢回去重游那些自然风光，那些尤其是对我来说意义非凡的城市……在旅途中，我能够看到中国是如何转型的。我也力图寻找隐藏在这些变化

"北京三姐妹，三个小姑娘搭着肩并排走。"我的语速很快。

"一九五七年拍的。"她脱口说道，拿起勺子按压着吃剩的米粒，"我好想生活在过去的年代，我外婆说那个时候的人活得挺单纯的。"我不置可否，喝完杯中啤酒。她还想要一瓶啤酒，我犹豫了一下，同意了。

"你想生活在过去吗？"她直起脖颈问道。

我摇头，沉默，脸上的表情一定很怪异。

她有些失望，开始喃喃低语："要是有时光机器就好了……时光机器……"她喝了一口啤酒，眯着眼陷入沉思。

"时光机器也能飞到未来，你不想飞到未来某个年代？"

"我不太相信未来……也不敢相信未来……"

我能感觉到她低落的情绪。"喝酒。"我想转移话题。

"这些老照片实实在在，能触摸到……未来需要在脑子里想象，需要画出来，画出来的东西不敢太相信。"

我多少同意她的话，说道："吴冠中先生喜欢画记忆里的风景。"

她看着我，和我的眼神对峙片刻，接着说将来有了属于自己的房子，她会在房间里挂满马克·吕布先生的照片,想回到中国的五十年代、六十年代、七十年代、八十年代……"我讨厌九十年代,更讨厌现在。"她说话的眼神凝视着空中的某一点,我把握不到的某一点。

服务生走过来说要下班了,让我们结账。天色全黑了,窗外的街灯给人迷惑。她站起身,步态有些不稳,扶着楼梯往下走,好像还沉浸在时光机器里。我拿起找零紧跑几步追上她,走向不远处的车站,我们住的方向相反,我应该把她送上公交车再走。她靠着栏杆,晃动身体,我看着她,一时找不到话题。公交车进站了,她有些醉意,我扶着她走进车厢,想送她直接回家了。车门要关闭的时候,她将我推下车,说:"你回去吧……我能行……"

"我送你吧。"我真想送她回家。

"我能行……"

车门关上了。公交车一直往前行驶,在一个红绿灯右转、消失。我叹口气,走过街道,去对面坐车,心里倒很轻松。美好的一天。我要搭乘的公交车来了,我看了一眼,没有上去,想在夜的马路上继续走走。

一对对结伴而行的情侣让我羡慕,同时也有些伤感。此时此刻,在偌大的北京城,在这个充满虚幻色彩的夜晚,我和艾树形单影只,各自走向自己暂时的家。我回转身,想象着车上的艾树此时会做什么。

一辆空驶的出租车给了我激情:我应该坐上出租车紧跟艾树乘坐的那辆公交车,直到看见艾树安全到家为止。如果她愿意,我会陪她一个夜晚。我就是这么做的。可是很遗憾,几条街道堵车,十几辆同方向的公交车左右穿行,亮闪闪的一排排红色尾灯让我最终迷失了目标。我只能下车,换成公交车回家,我知道钱包里的钱不够多。

回到租住的家已是午夜,我没有睡意,躺在床上翻看马克·吕布的作品集,眼前总是浮现艾树的身影,还有她的笑声和时隐时现的伤感情绪。我没有脱衣,把头深深地埋进枕头。凌晨时分,我听见手机的短信铃声,我有强烈的预感,是艾树发来的。屏幕上显现着一句话:何西递,今天很高兴,谢谢你,艾树。

我也很高兴,希望再次见面。我马上回复。

我在等她的回复,可是没有再来信息。我盯着手机,百无聊赖。一个小时之后,她发来这样一句话:我问你最喜欢的摄影家是谁,你为什么说是吴冠中先生呢?

我非常迷惑,我的回答虽然文不对题,却是发自内心——或许我听错了,或许是这个声音从我的喉咙里自己跑出来的。她想说什么呢?

对不起,我不太懂你的意思。

我害怕听见这个名字。

为什么?

唉……

我很想知道。

你不知道?

不知道,真不知道!

天亮后收我的邮件吧。晚安。

好吧。晚安。

一夜无眠,艾树让我迷惑不解。早晨六点,我打开电脑,收到她的邮件,首先看见一封短信:

何西递,你好。

我没睡,你也没睡吧。我很敏感,我想你已经感觉到了。

我想努力改变这种敏感情绪,可是很多书籍告诉我,只有时间和经历可以改变一个人的性情,或许什么也改变不了。谁知道呢?

当你第一次说出"吴冠中先生"这个名字时,我感觉咱俩只能成为友谊层面上的好朋友。你是吴冠中先生的粉丝,想必能懂我的意思,可是你昨晚的迷惑让我更迷惑,我猜,你可能不是吴冠中先生的超级粉丝。可这已经不重要了,那个时刻,那个场景,那五个字是你说出来的。

或许爱情就是特定时空里的孩子吧,反正我相信这一点。

我差不多是同时间喜欢上马克·吕布先生和吴冠中先生的。我喜欢他们的作品,敬佩他们的艺术追求,可是有一天,当我看到吴冠中先生写的一篇回忆文章,我就命令自己必须在两者之间做出选择。我最后选择远离吴冠中先生。

所有的答案其实已在我心里。没有对与错。

如果你还不明白,那就打开附件吧。

认识你很高兴。我热爱西递,希望能和你重游西递。

艾树

我长长地喘了一口气,移动鼠标,打开附件,我看见一个标题:吴冠中先生回忆马克·吕布先生。

我的视线紧紧盯着下面的文字:"再上黄山,妻偕行,宿北海宾馆多日。下山前日天雨,我作速写,妻为我撑伞,此情况被刚上山的一位法国人看到。北海仅一家宾馆,夜晚那法国人托翻译来访,知我能法语,便亲自来叙。我们谈到巴黎,谈到我的学习,谈到熟人,他看了我的速写本。最后他要求我明天让他照一张我写生的相片。但我们先已决定明日一早下山。他是一位较有名的摄影师,名叫马克·吕布(Marc Ribout),多次到过中国,摄取中国的山水人物,曾在中国美术馆举办过个人摄影展,应该说是国际友人吧。便约定明日一早拍摄,照完我即下山,奉赠给他两个小时,我对时间从来是吝啬的。翌晨微雨,我在微雨中写生,妻照例为我打伞,估计这作品将是真实感人的,他说会寄给我,我们便告别。别后杳无音信,德群却无意中在一本时事杂志(Actualit)中发现了碧琴为我打伞的那张黄山照片，便剪下寄到北京。作品无任何说明，在作者眼中，我们是他猎取的妇女小脚或男人长辫，他骗取了创作资料。正如我之估计，照片是真实而感人的，是极难遇见的黄山神韵，亦收入了他的个人大本影集中。后来出版我画集的多家出版社采用了这照片，问我有无版权问题，我说侵权的是这位法国佬。多年以后，我的知名度不断扩展，一日，一位自称是皮尔·卡丹的代理人找到了我的电话，说有二十来位法国文化名人来访中国，其中一位摄影师马克·吕布想采访我，我断然拒绝。"

我赶紧打开马克·吕布的作品集，没看见这幅照片。我在网上搜索，终于发现了：雨中黄山，烟雨朦胧，吴冠中先生的妻子左手撑伞，右手拄着拐杖，为写生的吴冠中先生挡雨。吴先生全神贯注，画板支在左腿上，弓着脊背，眼望前方。他们两个人完全沉浸在创作的氛围里，我读出了风雨间夫妻相伴的暖意和感动。

这的确是一幅绝佳的照片，马克·吕布先生真是抓拍大师啊。大师拍大师，大师说大师，我倒吸一口气，脑子里有几秒钟的空白。我又搜索相关资料,发现这些年马克·吕布先生的几个重要作品展都没有收录这幅照片——或许马克·吕布先生也听说过这篇文章。

下面我该怎么办呢?我站起身,走到窗前,天色早已大亮,上班的人群开始增多,忙碌的一天又开始了。我哭笑不得,重新坐在电脑前,凭直觉在邮件回复栏里写下了这样的字句:

> 艾树,或许我不是吴冠中先生的超级粉丝,可是我还是非常喜欢他的绘画作品和纯粹的艺术精神。你的来信让我吃惊,当然,你的敏感和心理暗示也大大超出我的想象。如果真的有时间机器,我非常愿意回到十几个小时之前的过去,我会在那个展厅里直接对你说出这四个字"我喜欢你"。我希望能很快见到你!

我点击鼠标,邮件发送成功。我靠坐在椅子上,没有一丝睡意,唯一能做的就是等待、等待……

中国鲤

> 每个人都有一颗属于自己的星星
> 有了目标和希望,你的星星才有可能
> 升起来、亮起来……

我是个写作者,今年四十五岁,按理说正处在写作的黄金期,可我明显感觉有点力不从心。女儿在美国芝加哥读大学,我很想念她,在这个夏天的深夜,我带上简单的行装,从北京登上了美国航空公司的航班。

坐在机舱里,我从钱包夹层取出女儿的照片,在心里默念着这三句诗歌,忍不住自言自语:"女儿,你是老爸的目标和希望,写作也是老爸的目标和希望。"我长舒一口气,期待这次旅行能给我的写作带来灵感,让属于我的星星尽快升起来、亮起来。

　　我的旁边空着一个座位，空间增大了，心情更显轻松。我翻看着飞机上几本《TIME》杂志，除了俄罗斯总理普京冷漠超酷的脸和中国总理温家宝既平静又复杂的面容，我没有兴趣看其他内容。我紧靠在坐椅上，屈起膝盖顶着前面的坐椅后背，这样坐着更舒服些。在即将沉入梦乡的当口，我感觉膝盖抵住到了一个硬物——如果没有这个意外的触觉，我想我会先睡一两个小时。我从杂志储藏袋底部取出一个黑色硬皮本子——是这趟航班为客人准备的《圣经》？我读过圣经，翻看一眼就知道是不是。不是《圣经》，也不是飞机上的常规读物，因为笔记本扉页上有一幅鲤鱼素描，图画下面粘有一张西方中年男人的肖像照片。男人头发稀疏，戴着眼镜，一副学者模样；他眯着眼睛，脸上带着笑意，可这笑无法掩饰他目光里的忧伤情绪。

　　我确信这是某个旅客遗留在飞机上的私人物品。笔记本右下角还有一个淡淡的铅笔字，是一个英文单词：Nick。这或许是主人的名字——这个男人就是尼克？有一刻，我想把笔记本交给那个金发碧眼的高个儿空姐，不过我很快决定不必这么做——每个人都会有的好奇心此时已经跳了出来,随便翻看一下再交给她也不迟。笔记本里前半部分的文字书写疏朗整齐,后面的字迹有些潦草,笔画加粗用力,带着恣意的疯狂。我的英文阅读能力远远大于听说能力,个别生疏的词汇随身携带的翻译词典可以解决。

我开始读第一页,开篇的几句话一下子吸引了我——他的叙事朴素自然,是我熟悉并喜欢的语感,且充满回忆之情,就像一个老朋友在讲给我听。他是这样写的:"每个人都有父亲,每个人的父亲都经历过痛苦。我的父亲是位专栏作家,他爱写作,也爱鱼,到头来他不是死在案头,而是死于非命——他的死与中国鲤鱼有关。我正在从芝加哥飞往北京的航班上,看着窗外的浮云,我触景生情,想给父亲写篇文字。整个飞行需要十几个小时,时间足够。"此时此刻,我被莫名的兴奋感控制住了。我急切地捧起笔记本,把身体调整到最舒服的位置,一字一句细读默念起来:

每年一到夏天,父亲的眼神就会明亮许多。他喜欢写作,为报纸杂志撰写专栏是他的主要工作,由此他在小镇上颇有点名气。写作之余,父亲喜欢研究各种鱼类,家里的墙壁上挂满了各种鱼的图片;除了"专栏作家"这个身份,镇上的人还称他为"鱼教授"。说来奇怪,父亲不会游泳,也从不垂钓,但这并不妨碍他爱鱼,还要写《生活在美国的古老鱼种》这类科普书籍。

我叔叔是个老钓客。他三十出头,小我爸爸九岁,和我父亲的性情差异很大。他经营着一间酒吧,一年四季牛仔打扮,留着两撇胡子,吃住都在酒吧里面;他还组织成立了一个垂钓俱乐部。在我的记忆里,父亲除了教我认识鱼(很遗憾,这类知识我是左耳朵进右耳朵出),还时常提醒我,经常去酒吧的人大都不怎么样,现在不能去,以后长大了我也不要常去。至于叔叔成立垂钓俱乐部,他的评价只有三个字:祸害鱼。

叔叔钓鱼总会叫上我——他说对男人而言,钓鱼是天底下最有趣的爱好,守着这条大河,永远有钓不完的鱼。叔叔每钓上来一条鱼,就扔到岸上,我负责抓起来放进鱼篓。他让我乖乖坐在岸边,不能离开他的视线,说河里的大鱼会吃掉不听话的孩子。他的话让我发慌:真的有大鱼吗?大鱼长什么样呢?

那一年真让人难过,夏天过去没多久,我母亲去世了。

六岁的我还不太懂失去母亲的悲伤。父亲很难过，躲在书房里抽烟，要不就去河边默默看鱼。叔叔给我父亲抱来几箱啤酒，对我说酒能解愁。那晚父亲第一次喝多了，他带着醉意为我母亲写了一篇文章，一直写到深夜，边写边念出来。我想他会在报纸上发表这篇纪念文章，第二天起床后我在地板上看见了一小堆灰烬。我还没有上学，也不想打扰父亲，就一个人呆在房间里，呆烦了就往外面跑，没目标地跑。有一天我跑得更远，一直跑到镇上的图书馆。我在图书馆门前站了很久，却不敢进去。图书馆管理员是一位四十岁的女士，她笑眯眯地招手让我进去，问我叫什么名字。

"尼克。"我说。

"我叫露西，你想读什么书？"她说。

我支支吾吾，说想读大鱼的书。她转身走向书架，拿来一本书对我说："是想看鲸鱼的书吗？"我点点头。

她的声音和我母亲的一样甜美。这本书告诉我，骑在鲸鱼背上，再大的风浪都不怕，再深的大海都敢去。我在图书馆度过了一个难忘的下午。几年之后，我才渐渐明白，逝去的只能留存在记忆里，永远不会再回来。母亲也永远不会再回来，即使我骑着鲸鱼去追；而父亲又和一个女人住在了一起——这个女人比我母亲年轻很多，只是看着我不会笑。她叫艾米，说来到这个家她很高兴。可我不这么想，因为她后来动不动就去叔叔的酒吧，喝到很晚才回家，有一次她还喝醉弄丢了钥匙，是我大半夜起床开的门。父亲经常唉声叹气，却没有办法。每次看见父亲暗自伤神，我会泡杯咖啡端过去，这时候，父亲会摸着我的脑袋，喃喃低语，说我母亲是个好女人。

那天我和父亲从河边回家，远远地看见垂钓俱乐部的那群人有说有笑，还看见几缕烟雾在空中飞舞。一个人大声说这条鱼又大又肥，烤起来吃一定香极了。我跑过去看，草地上躺着一条尾巴还在颤动的大鱼。一大排钓竿斜靠在树上，全都滴着水，树下的烧烤架子在冒烟。我第一次看见这种鱼，它的嘴巴一开一合，扁扁的，嘴唇旁边长出两条长长的胡须。它的身体有我的身高这么长。叔叔拿着刀，夸张地笑着。这条鱼乖极了，虽然活着，却没有再挣扎。一个秃顶男人走过来说："我这辈子还没见过这么大的鱼！"艾米问道："这是什么鱼？"一群人狂笑起来，其中一个说道："你男人是鱼教授，没在床上告诉你？"她也不恼怒，接着说："我觉得它的肉一定美味。"

这时我听见父亲的声音："它是湖姆，是一种古老的鱼类，在地球上有一亿年的历史，我们又叫它化石鱼，不能杀它！"可是叔叔的刀已经刺进大鱼的胸膛，它的身体一下子血肉模糊了。我恶心得想吐。父亲愣愣地站在那儿，丢了魂一般。父亲阻止不了叔叔，第二天他写了一篇文章，登在小镇的报纸上，指名道姓抨击我叔叔不人道。从那以后，父亲和叔叔的关系可想而知，往日的亲密似乎正在一去不返。不过我谁也不想得罪：一个是我永远的父亲，他爱我，我也爱他；另一个是我的叔叔——我也只有一个叔叔，他常带我玩，还会讲笑话，再说他的酒吧里总有我爱吃的各种冰激凌。话又说回来，那天的经历的确让我开始厌恶钓鱼。我甚至对河里的鱼充满了少年的同情。那天我看见的那条死湖姆还进入过我的梦，一个小噩梦，梦见湖姆把我叔叔和艾米一口吞下肚了。

少年的同情心让我一有机会就偷偷溜进叔叔的酒吧，趁他不注意的时候弄坏垂钓俱乐部里的钓鱼用具——我会把大鱼竿的渔线换成细的，让他们钓鱼的时候抛不远也难钓上大鱼；我还会把鱼篓剪破，给鱼留出逃跑的缺口。想必叔叔知道是我干的，后来他把全部用具放进最里间的储藏室，加了两把锁，只当什么事也没发生。我虽然不能再使坏，可心里的高兴劲就别提了。我说过叔叔的酒吧里有各种冰激凌，放学回家路过我会跑进去拿一个吃。那天，我猛地推开门，看见艾米正和叔叔拥抱在一起跳舞。我看呆了，愣在那儿。我和他们对视，手足无措，拼命咽口水。叔叔一言不发地看着我，只是笑了笑。艾米咳嗽几声，喝了一口啤酒背对着我。我跑出来，直接跑回了家。思前想后，我没有把看见的告诉父亲，怕他再写文章把家丑说出去。现在想想，我真是幼稚得可笑，父亲即使知道了也不会这样做的，或许是父亲把精力都放在写作和鱼身上了，对艾米很少关心才会这样吧。因为我曾在电视上听见一个女人哭着说过这样的话："你不关心我，我就关心其他男人。"我晚上睡不着，瞎琢磨。没人告诉我答案。大人的世界真复杂啊！艾米后来离开了我父亲。离开那天，她把墙上鱼的图片撕扯下来，对我父亲大喊大叫："你是个废物！你和你的鱼睡觉去吧！你这个自私自利的老男人！"艾米摔门跑出去了，她没往酒吧的方向跑，此后我在小镇上也再没见过她。说实话，艾米除了不喜欢笑，不喜欢和我常说话外，倒没伤害过我。我们之间可以用相安无事形容。我至今还会偶尔想起她。父亲是不是还会想起她我不知道，不过他的神情比以前快乐多了。他还对我说，这辈子再也不找女人了，女人让生活不清净。我想起母亲，从脖子里掏出项链坠，打开，露出母亲的照片给他看。父亲看了一会儿，默默坐下，不再说话。我走到院子里，看见树上鸟妈妈正在给孩子喂食，马上想起母亲，忍不住亲吻母亲的照片。

这年夏天天气异常，没有降雨，很多树木奄奄一息，水流明显放缓。父亲回到家，把一个玻璃瓶放在桌上，坐下后死死盯着这个瓶子，告诉我说河里的藻类越来越多了，是工业废水造成的。瓶子里的藻类刚刚化验完，含有化学物质，藻类生长速度很快，若再不想办法，污染面会很快扩大，鱼吃了会影响后代的基因繁殖。"必须先尽快把受污染的水生藻类围起来……然后净化它……"他握着拳头说。过了几天，父亲急匆匆地回到家，说他明天要和镇政府的鱼类专家一起到中国购买鱼苗。

"为什么要去中国购买鱼苗？"我不解。

"中国鲤鱼喜欢吃水生藻类，即使被污染的藻类也是他们的美餐。有了中国鲤鱼，被污染的藻类会被吃掉，河里的水就会被清洁,我们这儿的原生鱼类,比如湖鲟、鳟鱼就会更好地生长。"

"鲤鱼吃了会死吗?"

"吃得越多,它们就越壮。"

父亲的中国之行非常顺利。我亲眼看见他们把活蹦乱跳的鱼苗倒进围起来的漂浮着众多藻类的大片水域里面。那天他们在岸边喝了很多酒。

"鲤鱼肉好吃吗?"旁边的人问我父亲。

"刺太多,肉太硬,不好吃。可是中国人爱吃。"父亲说。

"鲤鱼喜欢吃这东西,真脏啊!"另一个说。

"鱼肉肯定不干净!"

"我不会吃这种鱼。"

"我也是。"

"它们把脏东西吃完需要多少时间?"

"一年吧,半年也说不定。鲤鱼生长速度很快,两三个月就能长半尺长。不过它们的个头无法和咱们的相比,太小了。"父亲比划着,神情兴奋。他说这样做全是为了美国原生鱼类的健康生长。他盯着水面,神色变得严肃。"千万不能让中国鲤鱼游到其他水域,它们的繁殖能力很强。"他扫视着大家。

"没问题,围栏很高。"相关负责人说。

父亲虽然是业余"鱼教授",可他知识面极广,又很勤奋。他的预见再次得到验证:没过半年,那些藻类明显减少了,水面变得清澈。看着水里大群的鲤鱼,我有些不舒服。这些鲤鱼吃脏东西,身体会难受吗?我拿出面包,丢在水面,看它们雀跃着争食。这些鲤鱼已经长大,欢快地跳出水面抢食。父亲走过来对我说:"中国鲤鱼不喜欢吃面包,它们喜欢吃中国馒头。"这些日子,父亲每天都是乐呵呵的,写了好多专栏文章,读者也很爱读。他的《生活在美国的古老鱼种》一书写作进展也很顺利。第二年的夏天来了。我记得那晚的雨很大,下了整整一夜,几乎能把窗玻璃击碎。第二天一大早,家里的电话响个不停,我听见父亲的脚步,不久又听见他开门出去的声音。我趴在窗口看着他开车消失在大雨里。大雨一直持续到下午,父亲还没有回家。我去叔叔的酒吧,他没在店里,店员说垂钓俱乐部的全体成员都去河边抓鱼去了。

"抓什么鱼?"我问。

"你不知道?雨太大,中国鲤鱼顺着水面跳出来了。

必须抓回来,不然以后的麻烦就大了。这是你父亲亲口说的。"我还是不明白。店员开始笑,他的笑不怀好意。"你父亲一大早来酒吧了,求你叔叔和他的朋友帮忙抓鱼。"我瞪他一眼,使劲拉上门走了。我手里举着伞,伞松垮垮地靠着肩膀,任凭雨水冲刷,只是个摆设。雨把我大半个身子淋湿了。我坐在家里,望着窗外,看见的是一团黑。深夜时分,雨敲打玻璃窗的声音才变得稀落,我躺在沙发上睡着了,茶几上有我干吃剩下的大麦片。父亲推门进屋,我惊醒后以为家里闯进一个陌生的泥人。他瘫坐在椅子上,目光呆滞,像个败将。

"爸爸……"

他看我一眼,叹口气。

"鲤鱼跑了多少?"

"不知道,可能有一半……几千条吧……"他失望地摇摇头。

"应该不会有事的。"我说。

他双眼无神,盯着空中的虚无,喃喃自语:"一条鲤鱼……每年产卵三次……每次产卵两万个……两万个……"他举起脏手捂住了脸。

我不知道如何安慰他。

"我的上帝……我或许犯了一个大错……"

父亲的失落情绪持续了一整夜。他一夜未睡,天一亮,他草草洗了洗脸,胡子也没刮,开车去了镇上的印刷公司,赶印几百张鲤鱼的宣传画。我和他一起去的,帮他把宣传画张贴在小镇街道两旁的公示栏里。我至今记得宣传画上的说明文字:

> 女士们,先生们,如果你们喜欢垂钓,请你们仔细辨认这种鱼:中国鲤鱼。它们逃跑了。它们的繁殖力很强!如果我们不齐心协力,若干年之后,它们会泛滥成灾,吃光河流里的食物。它们会沿着伊利诺河直接进入美国五大湖,到那时,我们本国的原生鱼类(湖鲟、鳟鱼等上百种鱼类)的生存环境就会岌岌可危!让我们行动起来吧!抓住它!或者吃掉它!!

他把剩余的一大摞印刷品抱在怀里,急匆匆赶往叔叔的酒吧。叔叔看着了我们,一脸无所谓的神情。"这是鲤鱼成熟后的图片，请记牢它的模样……请告诉你的朋友们，钓上来怎么处置都行，少一条是一条……谢谢……谢谢……"父亲连连说道。

"昨晚我快被淋感冒了。"叔叔说。

"是的，你辛苦了。"

"这鱼真有这么大的危害？"叔叔看着宣传画说。

"它的繁殖能力太强大了！"

"钓上来怎么处理？烤着吃行吗？"

"随便你吧，你想怎么样都行。"

"会有人买来吃吗？"

"或许吧……"父亲说，他牢牢地盯着叔叔，说道："即使有人要买，也必须先把它杀死……不能让活着的鲤鱼逃离你的视线，这是唯一的办法！"叔叔惊诧地望着他。那天我感觉到父亲身上散发出一股罕见的杀气。父亲病倒了，我想是急病的。他的很多朋友来到家里安慰他，可是效果不大，他说来年鲤鱼的数量没有泛滥成灾，他的心病自然就好了。我们都等着夏天的到来。日子慢慢往前走，父亲面容暗淡，衰老许多。我实在不明白逃跑的鲤鱼会如此伤害他的神经，可是父亲的回答几乎一样："你不懂……以后你会懂……"

"可是中国鲤鱼也是鱼啊?"

"不是我们原产的……"

"有什么区别吗?"

"区别很大!"他急得咳嗽起来。

"区别到底在哪儿?"我追问。

"你会把其他男人当成你的父亲吗?"他凝视着我。

我摇摇头。"我也不会把其他男孩当成我的儿子。"他喘口气说,双手拍了拍膝盖,似乎不想说而又必须去说,"它们是中国的鱼,不是我们的……它们生在中国……"

"美国不是它们的家,是你把它们带来的。"父亲听完我的话神情有些无助,无助之中又有委屈,眼神也渐渐黯然。

冬去春来,河里的冰块悄然融动,父亲坐不住了,手持一根木棍,蹲在河边敲打河里的冰块。他看见了几条中国鲤鱼的影子,我也看见了。他紧紧咬着牙齿,两颊的肌肉在颤动,激动地点着头说:"不多……不多……感谢上帝!"但愿如此。树枝已经开始发芽。那些在微风中颤动的小嫩叶给树木带来新的生命周期,也给凝视它的人带来希望。小镇的生活节奏依旧,人们似乎忘记了中国鲤鱼逃跑这件事,贴在告示栏上的宣传画早已被新的招贴画盖住。没逃走的中国鲤鱼在新的围栏里安全无恙,体型日渐肥硕。父亲的那本书已经写完了第一稿,他说过完这个夏天就可以交给出版社了。我记得很清楚,那天叔叔拉着一个女孩的手来到我家,左手提着一条大鲤鱼。我一个人在家。他把鱼挂在院子的木栅栏上,走进屋,对女孩说这是我侄子,接着又把女孩介绍给我。"尼克,我的女朋友。"他笑了笑,拉着女孩坐下来。

"你是……中国人吗?"我问。

女孩点点头,笑起来有点羞涩。我也笑了笑,目光一直盯着她。"小子,不能这样看女孩。"叔叔说完大声笑了,笑得我不好意思低下头。这女孩长相清秀,她穿着裙子,头发很长,黑幽幽的,好漂亮,我想。"告诉你爸爸,鲤鱼吃起来味道很不错。"叔叔说。女孩站起身,移动步子看着墙上的照片,她看见了母亲的单人照,回头望着我。"我妈妈……她去世了……"我说。女孩若有所思地垂下眼帘,继续看下去。"我爸爸……他出去了……"我的话让她微笑一笑。她看见了我在学校身穿橄榄球衣的照片。"真帅!"

她赞叹道。我知道这是她的礼貌回应。我一点不帅,长相普普通通,只是看上去比较健康而已,不过她的话仍让我很高兴。叔叔站起身,说去湖里划船,问我去不去。我盯着女孩摇摇头。"小子,你够聪明。"他哈哈笑着说,拉着女孩走出屋门,突然又大叫起来:"滚开!滚开!"一只啃噬鲤鱼的野猫惊恐地跑远了,蹲在草地上回望着我们。女孩一边对猫说着"你好"一边慢慢走过去。叔叔把鲤鱼提起来,递给我,盯着我小声说道:"尼克,我和艾米只是跳了一次舞,什么事也没有。"他接着提高声音说道:"红烧鲤鱼,味道不错,我已经学会怎么做了,你想学就去我那儿。"女孩站在院门口,一直看着跑远的猫。我忍不住小声问叔叔:"她叫什么名字?"

"嗨,他在问你叫什么名字呢。"叔叔望着她,高声说道。

女孩笑了笑,说:"蓝。"

"她叫蓝。"叔叔伸开手掌抚弄着我的头发说道。此时,我发现叔叔的眼神比以前柔和多了。他们拉着手消失在拐角,我回过神,把鲤鱼放在草地上,松了松穿过鱼腮的那根绳子。它的皮肤有了皱褶,鳞片闪着光,我突然发现它的鱼腮动了一下,它还活着。我跑进屋,找来一个盆子,可是鲤鱼太大,放不进去。它的尾巴开始摇摆。我知道鱼离不开水,拽来院子里的皮管子,打开水龙头,往鲤鱼身上浇水。它躺在那儿,明显感受到了,因为它的眼睛在动,在盯着我看。它在感谢我吗?我不知道,我只是感觉到它的情绪平稳了,鱼鳃的开合变得有节奏,整个身体似乎在享受水流的按摩。从脑袋到尾巴,水在慢慢流淌,我的手臂酸了,就换一只手。水流过我的脚边,在院子里汇集,然后流出院子,像我家里的小溪。那只猫又回来了,它喵喵叫着,远远地望着我。我伸出手臂在鱼身上比划着,它比我的手臂还长。真大啊。我一点也没发觉父亲早就站在我的身后了——我先是看见一把刀,接着看见他的粗手腕。我抬头看着他,说鲤鱼是叔叔送来的。父亲沉默着蹲下身,一只手按住鱼身,把刀锋横放在鱼的鳃部,一用力,就像切开一个信封,一股鱼血顺着刀刃渗了出来。鱼尾在全力挣扎,鱼的眼睛还在看着我。我抬头看着父亲,可是阳光正好对着我的眼睛,我只听见猫的惊叫。他一把提起鲤鱼,走过去把它挂在木栅栏上。这个过程中,我是一直蹲着的,思维也是僵硬的。此时,父亲的背影在我眼里显得陌生。我站起身，飞快跑进自己的房间，站在窗前，父亲在对猫说话："我去拿把钳子，把它的皮剥下来，你们吃起来方便。"他进屋的时候，野猫又增加了四五只。它们小心翼翼走过去，谁也不敢冲在前面。我推开窗户，扔下一个玻璃球，想吓跑它们，可是玻璃球无声地淹没在草丛里，野猫没有听见。父亲拿着钳子走到木栅栏旁边，弯下腰，夹住鱼鳃开口处的鱼皮，用力往扯下，他用力过猛，只扯下一小块，他继续夹住，继续扯，我看见一大片白白的鱼肉露了出来，感觉自己的眼角在抖动。"吃吧……你们吃吧……吃净它……"父亲说。野猫在兴奋地叫。父亲的声音在院子里消失了，他进屋开始洗手，然后传来脚步上楼的声音。我跳上床，用毛巾被蒙住脑袋，在被子下面听见他推开门。他叫了一声"尼克"，靠近床，坐下来，手里抖动着报纸。他沉默了一会儿，叹口气，说道："尼克……报纸上说了……中国鲤鱼已经弄瞎了两个人的眼睛……砸伤了三个人的脑袋……划伤了几十个人的胳膊……中国鲤鱼太多了……有两三家机构为了治理河流污染，也买了中国鲤鱼鱼苗……不是我一个人才有这个主意……伊利诺河的中国鲤鱼数量最多，那里游人多，食物多，每公里河段至少有100条鲤鱼……伊利诺河岸边下周会举办抓捕中国鲤鱼比赛……"他收起报纸走出门外。他的脚步声在楼下消失之后，我掀开毛巾被，下床走到窗前。野猫们蜷缩在地上，闭着眼，左右晃动着脑袋，陶醉、贪婪地咀嚼。它们已经吃完了鲤鱼的下半身。我看见父亲拿着报纸走出院子，朝叔叔的酒吧方向走去。我下楼，朝野猫吐了几口唾沫，吓跑它们。我用报纸包住残缺不全的鲤鱼尸体，鱼脑袋无力地垂着，下半身露出的鱼骨头被猫舔得发亮。我把它扔进垃圾桶，又在桶盖上压了一块石头，不愿意看见它被野猫吃得精光。一个小时过后，父亲回到家，满脸怒容，把家里的门摔得啪啪响。"为了一个中国女人……真有你的……真有你的……唉……"父亲反复叨唠着这句话，把手里的报纸撕得粉碎。一天后，我路过酒吧，店员告诉我，我父亲那天在酒吧愤怒到极点：他去找叔叔商量组建一个队伍去伊利诺河参加抓捕中国鲤鱼的比赛，叔叔拒绝了，父亲问他原因，他沉默不语，最后说他不会阻拦别人参加比赛，但他不回去。回到家里，我走进父亲的书房，他颓然坐在椅子上，地板上散落着几十幅古老鱼种的手绘图片。中国鲤鱼泛滥，古老鱼种面临生存危机，这是他最担心的。

我蹲下身，慢慢收拾着这些图画。"你出去……让我一个人静一静……"他背对着我，无力地摆了摆手。我起身，刚走出屋门，又听见他的声音："尼克，你会跟我一起去参加比赛吗？"那时候我刚满十二岁，但已经感受到父亲渴望得到支持。"爸爸，就我们两个人……"我说。"我们可以加入别的参赛队伍。"他说，静静地望着我，眼神闪烁着某种希望。我点了点头，只是不想让他失望。

接下来的几天，父亲仔细准备着行装和比赛用具。他买了一个渔叉和一个小号渔网，还为我准备了一个头盔，说能避免被中国鲤鱼撞伤。出发这天，父亲开车，我坐在后座，几乎一路无语，车里弥漫着莫名的紧张气氛，好像我们父子俩正在奔向战场。中途在一家加油站吃完午餐，汽车突然打不着火，我们至少耽误了两个小时。下面的行程只能一路飞驰。比赛在下午三点开始，晚上还要举办篝火庆祝活动。我们赶到伊利诺河岸边时，人群完全挡住了的视线，我们听见了马达引擎的低沉轰鸣。父亲说引擎声告诉他比赛还没开始。我和父亲挤进人群，一个肥胖的女人正在大声宣布比赛规则："今天共有九艘参赛船只，每艘船最多乘坐六人；比赛时间一小时，比赛区域在这两千米的河道内；决胜规则：看哪艘船抓捕的鲤鱼最多；比赛用具自备。鲤鱼听见引擎声会跳出水面，你们要当心！"

"能用枪吗？"一个男人大笑着说。

"不能！比赛规则已经写明白了！"肥胖女人说。

"我要射死它们！射死它们！"一个浑身刺满刺青的秃头男人扬着粗壮的胳膊，挥舞着一把弓，大喊大叫，"我们队必胜！"人群尖叫。一个男人不服气地说："他们为什么能用弓箭？"

"箭是绑在弓上的，有线连着，只能射出十米远！"

"我用棒球棍打死它们！"从人群里爆发出一声呐喊。

"把中国鲤鱼斩尽杀绝！"

参赛人员纷纷举起手里的武器：渔叉、船桨、木棍、铁棍、渔网、弓箭……父亲紧紧搂着我，呼出的气息有一股异味。他突然举起手里的渔叉，高声大喊："我是专程赶来的！我想参加比赛！我不要奖品！"人群一阵哄笑。"上我们的船吧！"一个胸脯高耸的女人鼓掌欢迎，父亲连连道谢，又嘱咐我在岸边不要乱走动。

九艘船。五十四个人坐在各自的船里。一切准备就绪。父亲坐在船头，一手握紧渔叉，一手举着渔网，一脸凝重地看我一眼。我说不出他当时眼神的含义,但时至今日,只要一闭上眼睛,他的眼神就会定格成一幅画,一幅五味杂陈的画。马达引擎一齐剧烈轰鸣,刺激着耳膜,水波在船边震荡,眼看着十几条中国鲤鱼急促跳出水面,又慌忙窜入水中。"比赛开始!"胖女人尖叫一声,随后跑动着跳进一艘船。人群一下子涌向岸边,都想近距离地观赏这场捕杀。我被挤倒在地,只能透过人缝寻找父亲。没有找到。周围是越来越密集的呼喊声和跳跃的人群。我在人缝里看见飞起的鲤鱼和四溅的水花,鲜血在空气中抛起,还有射入水面的密集弓箭,以及在水面交叉挥动的木棍和渔叉。其中一把渔叉正好刺中一条胖鲤鱼,或许这把渔叉就是我父亲的!他正在捕杀!我感觉到呼吸急促,那一刻,我真希望自己也在船上捕杀,这是一种什么样的猎杀体验?我甚至有点嫉妒父亲。"杀!杀!"我想我喊出了声,因为我喊出"杀"字时两手死死抓住了前面一个女人的大腿根。她恼怒地转动肘部,猛击我的脑袋,把我击昏在地。不知过了多久,我醒过来,躺在那儿晕沉沉的,听不见声音,眼前的人群融在一起,像模糊黏稠的流动画面;不时有人低头看我一眼又闪开了,他们嘴里念念有词,可我不知道他们在说什么。我慢慢坐起来,看见水流没过我的小腿,几十条血迹斑斑的鲤鱼尸体在我腿边横七竖八地躺着,人群纷纷涌向河面。我的视线渐渐清晰——但还是有点眩晕,他们抬着一个男人奔跑到岸边,救护车鸣叫几声,急速跑远了。我重又躺下,嘴里喊着"爸爸"、"爸爸"……我的声音终于跑进我的耳朵。我在筋疲力尽、神色惊慌的人群里寻找父亲,我只看见浑浊的水面、漂浮的死鲤鱼和折断的渔叉、渔网、木棒……我大声喊着父亲,有人走过来安慰我,因为我说出了父亲的相貌特征。我想,你已经知道我父亲的结局——躺在救护车里的那个男人就是我父亲。他站在船头,手举渔叉,奋力刺鱼,他至少捕杀了二十多条中国鲤鱼。他太兴奋了,呼喊着(或许还喊了我的名字),三四条惊恐的鲤鱼猛地从水里窜出来,直接砸中了父亲的眼睛和太阳穴,他的身体在船头痛苦地弹跳起来,一支飞向鲤鱼的箭刺穿了他的脖颈……他死了。照片上的男人就是我父亲,那一年他四十二岁。我后来又见过蓝一次,她给我做红烧鲤鱼吃,我不敢吃,坐在那儿直干呕;她也没有勉强。

我记得那天叔叔也没有吃鱼,他望着窗外,神色凝重,喃喃自语:"要是我在场……他就不会死……"再后来,蓝和叔叔也分了手。她最终离开了美国。

空白页,还是空白页。我长舒一口气,紧紧握住笔记本。机舱里一片昏暗,只有我的头顶亮着阅读灯。望着窗外的夜幕,无奈而又莫名的情绪慢慢包围了我——中国鲤鱼漂洋过海来到美国,却面临这样的命运!

我随即陷入另一种思索。我想到一百年前被美国商人带去修筑铁路、挖掘金矿的中国劳工,想到现在千千万万移民在美国的中国人,我也想到我的女儿……

未来将会怎么样呢?实在无法回答……

说服

我们实验室三人小组的工作目标是设法延长小白鼠的生命时间，确切地说，就是仔细研究实验室里每只小白鼠的 DNA 缺陷，并设法修补这种缺陷，从而找到延长小白鼠生命时间的密码。我们要为小白鼠配种，观察它们的交配周期、交配习惯以及生产过程，检验它们后代的遗传基因是否更为健康。

小白鼠是目前全世界公认的最好的活体试验品。如果这项实验能对提高中国人的寿命大有帮助，想必那些死去的小白鼠们会得到安息。我们的工作概括起来像口号，但事实就是这样：让小白鼠一代比一代活得久！让中国人一代比一代活得长！

在获选进入实验室之后，我们三个人（彭组长、陈瑾和我）和研究院人力资源部签署了严格的保密协议：我们正在进行的生命科学实验属于国家机密，所有计算草稿和实验数据都是国家财产，任何人不能带出实验室，更无权以任何方式泄露给其他人！我们知道规则和后果，非常郑重地签下了各自的姓名，同时，依照中国的传统习惯，我们又蘸上印泥，在厚厚的协议书上按下了红手印。

看着自己鲜红的大拇指手印，我想到的是我祖父。我祖父活了八十九岁，从生命科学的角度来讲，他的生命时间是八十九年。他是我们家族最长寿的人，或者说，他是我们家族拥有生命时间最多的人。但最后他是用绝食的极端方式敲碎了他的时间之钟。"毛主席……还会死的……我活够了……想走了……"这是我祖父的临终遗言。他的死亡方式对我影响很大，直到今天，我动不动就会想起他，一想到他的死亡方式，身体里就会涌动某种神秘的震颤。

我不太喜欢彭组长。他很自负，树敌很多，五十几岁了还是个副研究员，喜欢考问年轻人生僻怪异的问题，然后在脸上浮现出诡异的笑。他是研究院里有名的养生高手，一有时间就钻研养生秘籍，或许因为如此，他才会被安排进小白鼠生命研究实验室担任组长一职。有一次我听见他对一位新来工作的研究生说那位活了五百岁的中国老寿星彭祖是他的祖先——他对此深信不疑。

陈瑾是留学英国刚刚回来的生物学博士,看上去很文静,不太爱说话。和研究院签署协议的当天,她的男朋友打来电话,两个人好像有争论;陈瑾说话的声音不大,我正好在门口路过,还是听见了。我听见陈瑾说:"我从来没有对你说过分手……到底回不回成都,让我想想吧……"后来再见到陈瑾,发现她的情绪很低落。

今天是小组正式工作的第三天。在实验室里,陈瑾背对着我,好像在抹眼泪,靠近她的几只小白鼠眨着红红的小眼睛,缩在笼子的一角。"陈瑾,你不能在小白鼠面前哭,这会影响小白鼠的精神状态!"说话的是彭组长,"你知道情绪会传染,小白鼠的情绪受到影响,吃饭、睡觉就不规律,实验数据就不准了。"他皱着的眉头像鱼钩。

"我没有哭……我这几年都没有哭过……"陈瑾默默地说,语气平静,却暗含刚硬;随后她推开门出去了。彭组长瞪大眼睛,愣在那儿了。我暗暗对陈瑾充满了好奇。

那天下午彭组长执意要在实验室开个小会。他坐着,我们俩站着,陈瑾靠着工作台,把小拇指伸进笼子让小白鼠啃咬。彭组长端坐在那儿，真像研究院的某个领导。他拉拉杂杂说了一大通道理，其实完全可以用两句话概括：早出数据，利国利民！他去洗手间的时候，我对陈瑾说："和你搭档很高兴。"

她看我一眼，笑了笑，说："我也是。"

"哪天一起吃顿饭。"我说。

她再次笑了笑，没有马上应答。

实验室工作台面上整齐排列着一百多个白色塑料笼子，每个笼子里将要生活一只小白鼠（生活，这个词语真他妈假惺惺）。我们先给每个笼子编上数字——单数笼子装公鼠，偶数笼子装母鼠，顺便把这数字当做小白鼠的名字：一公，二母，三公，四母，以此类推，方便记忆。

当然，我们还得查验每只小白鼠的性别，然后根据感觉配对，成就一对对的小白鼠夫妻。彭主任最喜欢查验小白鼠的生殖器官，还吩咐陈瑾站在一边仔细记录。我看在眼里，恶心得要命。

观察小白鼠是实验的重要流程。我喜欢盯着小白鼠看。这些年，我亲手解剖的小白鼠少说也有几百只了。现在，实验室里就我一个人，我正死死地盯着小白鼠看。我盯小白鼠一秒，小白鼠的生命时间就会少一秒——当然，我的生命时间也会少一秒；不过我不用担心这一秒——虽然我和小白鼠失去的物理时间一样多，但我们的生物时间却大相径庭：小白鼠的心脏每分钟跳动650下，每分钟的呼吸有160次；小白鼠三个月大时就能做父亲，六个月大时就可以当祖父；两年——小白鼠的生命时间只有两年，可它自己并不知情；除了睡觉，小白鼠几乎每时每刻都在快速运动（奔跑的小白鼠啊），快速耗费体能和体内的细胞——它在快速兴奋地奔向死亡；我会思考，知道自己会终老病死，变成一堆白骨，或者一小团灰白色的粉尘。可是面对死亡，我和小白鼠其实没什么本质上的区别。哦，不，还是有区别：我可以解剖小白鼠，看着它挣扎、四肢抽动、眼睛凸起、慢慢停止呼吸，却没有罪恶感。

现在是午后休息时间。我站在窗前，彭组长正坐在树下阴凉处读报。"一棵名叫'玛士撒拉'的狐尾松已经4781岁了，还活着，还在结果子，还是那么枝叶繁茂。4781年！哎呀！人类的生命时间会有这么长吗？我真想看看这棵树！真想啊！"他念着报纸上的文字，大声感叹，

"我坚信人类能活5000岁！坚信！"

我想笑，不经意看见陈瑾在发呆出神。

"你们俩知道海胆的寿命吗？"他的声音再次从窗外传来。

"你知道吗？"我小声问陈瑾。她醒悟过来。

"他又在考咱俩呢，问海胆的寿命有多少年。"

"150年。"她语气平淡地说。

彭组长没听见我们的回答，抖动着报纸，自言自语着："看来以后我要多吃海胆啊……海胆居然能活150年！有营养啊！"

"今晚你有空吗？"陈瑾问我。

我点点头，转身去打电话。

我选的是一家地道的四川餐馆，一来陈瑾是成都人，二来我在那儿吃过多次。为避免彭组长的猜疑，我和陈瑾约好下班后在餐馆门前汇合。陈瑾是穿着实验室的白色工作服来的，我很诧异。她解释说开衣柜准备换衣服的时候，不小心把钥匙扭断了。我们俩几乎同时笑了。

陈瑾久居国外，被眼前的院落深深吸引。一扇油漆斑驳的大红门把灰色的高墙一分为二，墙上有各种形状的窗户。门廊两端挂着红灯笼，红灯笼的绸面上印有既幽默又吓人的五个大字：辣死北京人。一位身穿旗袍的小姑娘瞪大眼睛端详陈瑾，小声嘀咕："是卫生局的吗？"我摆摆手。小姑娘随后笑吟吟地用四川话招呼我们。

迈步进门，首先看见的是一件木屏风，上面刻着八仙，个个活灵活现，仔细端详，发现八仙手里握着的不是他们原来的法器，而是一个个红辣椒。屏风下面有一个长方形的石质水槽，里面有水，水面有荷叶，几条红白相间的鲤鱼悠然游动。拐过去是庭院，三面是回廊。在房间刚落座，陈瑾又起身出去了，她说趁着天没黑，再看一遍。她在院落里慢慢走，抬头望，不停地点头，身影真像个医生。

饭菜是她点的，我们边吃边聊。我很好奇，问她为什么会回国工作？她说："整个欧洲还在经历五十年不遇的经济危机，很多人失业。"

我呵呵笑着说一个大博士搞小白鼠实验有点大材小用，说完我就后悔了，国内很多大学和研究机构不都是这样用人吗？我祝愿她在北京一切顺利。她突然垂下眼帘沉默了。我隐隐感觉她有心事。她叹口气，望着窗外院落里的夜景，说道："回国后感觉也没意思……"

"过一段儿就适应了。"我说。

"如果有人能够说服我……我就辞职回成都老家……过另一种生活……"

"你说什么？"我自然很惊奇。

她表情平静，专注地望着我。"你能……说服我吗？"

她的话让我更惊诧了。我直起脊背，靠在椅子上。

"其实……现在这个社会谁也说服不了谁……"我说。

她望着我，沉默不语。

"你……认识他多久了？"我的问话有点突兀。

"八年。"她马上回答。

"时间不短了。"

她顺手把桌上的筷子摆成一个"八"字。

"你们什么时候结婚？"我说。

"他想马上结婚。"

我看着他，笑了笑。"你呢？"

"想……又不想……"

我理解一个女博士毕业后刚工作的感受。本科、研究生、博士，一路窗下苦读，少说也用去了八九年的时间；还有她喜爱的生物学专业——除了北京、上海，还有哪座城市适合她去发展自己的事业？如果她真回了成都，还真有点可惜。我是这么想的。

"女人真是矛盾的动物，怪不得那些英国教授说解剖女人要比解剖男人费时费力。"她快速拿起筷子，飞快地开合，动作熟练老道。这一刻，我感觉自己手里握着的不是筷子，而是把解剖刀。看着盘子里已成块状的暗红色辣子鸡，我居然想到工作台上已被解剖的小白鼠，不过我没感到恶心，相反，倒有种快意。

"你在想什么？"她问我。

"哦，我觉得成都挺适合生活的。"我笑着说。

"我对这座城市已经有了陌生感……"

陌生感。这个词汇触动了我。眼前的北京城也变得越来越有陌生感，内心里对它的亲切感到现在还剩下多少呢？北京，或许只是一个异乡人在一个大城市安家落户、拥挤躁动的空间概念吧。

"说说你的生活，如果你想说的话。"她说。

"我的生活……"我摇了摇头，"读完本科读硕士，为了前途，工作两年后又读了在职博士，毕业后留在研究院工作；时间过得真快，一晃五六年过去了……我现在的生活就是三点一线……家、实验室、书店……我三年前离了婚，孩子判给了她……目前我一个人过。"说到这儿，我笑了，她也笑了——我们好像在婚姻介绍所里交谈。"别误会，我喜欢一个人的生活，有时候，过惯了另一种生活，这个人也就变了……很难改了……"

她点头表示赞同。"这么说，你想用失败的婚姻说服我留在北京，不回去？"

"不，不，"我摆摆手说，"婚姻就是赌博，谁也不是神仙，谁也不是行家，算不出来的。"

从婚姻方面说服女人我没有经验，也没有兴趣。可不知怎么搞的，这个夜晚，就在这个房间，好像有另一个我站在我面前，不停地提醒我：你要说服这位年轻搭档，要说服她离开北京，北京城看起来表面荣光，其实远不是那么回事，更不适合女孩子在这里打拼。我不知道她在成都最终能拥有什么样的生活，但直觉给了我答案：她在成都的快乐会大于在北京的实际感受。

真的，不能像我这样——三十好几了，一个人还租住房子生活；也不要像我周围的女人那样，结婚、生孩子，早晨一大早送孩子,下午战战兢兢提前下班去接孩子。衰老得快极了。现在的我懒得怀疑早已发生的一切,也懒得展望未来是个什么样。我知道,之所以在实验室呆这么多年,除了所学专业的限制,还有一只命运之手牵引着我。命运之手。这个词汇让我叹口气。我的父亲和母亲,一个是外科大夫,一个是麻醉师,我是他们唯一的儿子。我从小在福尔马林的气味里长大,父亲在家里用手术刀切水果和火腿肠,我用它削铅笔,裁作业本。七岁的时候,我还在父亲的指导下亲手解剖过一只活青蛙和一只活鸽子。很多年前,我就明白了一个道理:解剖活物会上瘾。

"你这些年学生物医学,是从小喜欢,还是受家庭影响。"我说。

"从小就喜欢。"她的眼神里闪现出兴奋。

"我也是。"

"我五岁就解剖过青蛙,活青蛙,我一个人。"

我点点头,暗自佩服。

"你呢?"她说。

我摆摆手。"你比我早,比不上你。"

"后来我把这事儿给忘了。可能是解剖青蛙机会不多的原因吧。高考填报专业的时候,我举棋不定,老家池塘里的青蛙声一下子唤醒了我的解剖记忆。就是这样,不早不晚,偏偏在那一刻叫起来。我特别感谢那只青蛙!"

"有意思。"我和她的谈话渐渐有了快意。

"读本科和研究生的时候,我在实验室待的时间最长,我喜欢解剖动物,看着它们身体里的器官结构和流动的血我就来劲!你是这样吗?"

我用力点点头。

"我会把解剖完的动物尸体洗干净,吹干,然后缝合起来,做成标本,放在床头;有一次我把一只乌鸦标本当成礼物送给女同学,快把她吓哭了。不过学校可供解剖学习的动物品种很少,除了小白鼠、青蛙、鸽子、狗、猫,解剖人的尸体的机会很少。你是这样吗?"

"太像啦!"我脱口而出。

"去英国读博士期间,解剖课真是让我大开眼界!我在那儿解剖过大猩猩和鳄鱼,你……"

"我没有解剖过大猩猩和鳄鱼。"我赶紧说。

"解剖过鳄鱼,才知道鳄鱼真是伟大的动物。鳄鱼是爬行高手,更是弹跳高手;它的尾巴结构太精巧了,是弹簧结构，球形尾骨轻巧连接，尾巴像撑竿跳运动员手里的弹力竿。你知道鳄鱼抓捕猎物的冲刺时速是多少吗？"

我摇摇头。

"四十英里！比斑马都快！"她迅速喝了一口啤酒，接着说道，"解剖已有两亿年历史的动物真来劲！"

我看着她，随着她的言语和情绪进入到了另一种意识。她对解剖不仅仅是兴趣，而是特殊的迷恋——非常特殊的迷恋。在我的意识和经验世界里，嫁给一位喜欢解剖尸体的男人就等于嫁给了一具冷漠的躯体；同样，娶一位喜欢解剖尸体的女人就等于娶了一具冷漠的躯体。我想到她的男朋友，痛苦的男人；几乎与此同时，我前妻的身影也在脑海里一闪而过——结婚那几年，我真正爱过她的身体吗？没有……我突然感觉有些伤感，可是我也清楚，我的神经对女人的身体有一种本能的麻木……她的声音打断了我的思绪："我的室友是个吸血鬼电影迷，她们家族成员几百年来都相信有吸血鬼。她请我去家里做客。那是一幢很大很老的房子，估计和她们家族的历史一样长。那天吃完晚饭，她突然问我想不想参观楼上吸血鬼陈列室。来她家的路上，她还没有这个提议，她也许是想给我一个惊奇吧。可是那天晚上我没敢去参观。我在国内没看过这类电影，对吸血鬼有本能的恐惧……你喜欢吸血鬼吗？"

我望着她，淡淡一笑。

"后来她带着我在宿舍和伦敦的电影院里看了好多吸血鬼电影，我忽然发现我和这些欧美学生在学业上的差距在哪儿了：我喜欢生物医学，喜欢解剖动物，可是远没有到达精神的幻觉层面；我是说，我的内心里始终有暗藏的功利心，这个欲念是物质化的，不是形而上的。而吸血鬼电影给我的启发就是，解剖学上的所有技术终归是技术，这些技术应当转化为技艺，艺术的艺；解剖刀不再是刀，而是你的手指，是能够自由行走的手指；那些血迹，是另一种生命的符号。那以后，我发现自己变了，学习起来更快乐了……"她嘴里说着"快乐"两字，语气却落下来，神情变得怅然若失。

我对她的好奇已经扩大了好几倍。我渴望她继续说下去。

"为了生活，我必须回国；回到国内，几乎每天都会想起过去的记忆……我不敢回成都，甚至想离开他，我知道未来生活的结果……他爱我，可那是以前的我……我也爱他,爱他就不要伤害他……"

"你试过吗?"

"我对他的抚摸没有了感觉……他说我老是喜欢用手指抓他……我不再激动……我控制不了……"

她正在说出她的秘密。我感同身受,身体在微微发抖。从某种意义上讲,能说出心底秘密的人也是最痛苦的人。我举起酒杯,示意和她碰杯。我们"啪"地碰杯,然后一饮而尽。

我们俩是最后一桌离席的客人。走出院门,挂在门口的红灯笼在夏夜轻微摇晃。顺着胡同前行,我们默默无语,似乎都等着对方说话。

"两个酷爱解剖刀的人。"我低声说道。

她在黑夜里长舒一口气。

我们穿过胡同,就像约定好似的,一起朝实验室走去。

一辆辆飞驰而过的汽车闪烁成一条条城市光线,在今晚有一种别样的美,一种久违的亲切之美;还有从街边小商店飘出来的流行音乐,是那么的悦耳。

我们站在斑马线等候红绿灯。

我们肩并肩站着,彼此没有说话。

风在吹,吹起她的发梢掠过我的胳膊。

我的右手离她的左手只有十厘米远。我们的手指似乎同时在靠近……靠近,又被电开,随后又被一股特别疯狂的魔力吸引,然后紧紧地抓在一起!红灯闪烁绿灯将亮的那一刻,我们大步走过斑马线,我们紧握在一起的手指像小白鼠的爪子一样锐利!

刀宴

世界名刀博览会正在西子湖畔举办,湖边茶舍聚满了爱刀人。我的老友是杭州有名的老茶客,人称"狮峰老壶",他望着眼前的湖面问我:"名刀云集,眼前的西湖为什么没有杀气?"我不解,侧耳倾听。"当代中国无名刀啊!"他接着说,对着紫砂壶嘴猛吸一口,颇为失落地摇摇头。

我不懂刀,但男人天生对名刀有一种好奇心。这次来杭州出差,顺便观赏了世界名刀博览会。那一把把制作精良、形制各异的世界名刀已经连续两晚进入了我的梦。不过,在中国名刀展区,我有些遗憾,我想有这种感受的远不止我一个人——除了上百幅历史图片满墙贴,只有几十把古代名刀的仿制品,外国爱刀客围观的极少。说实话,此情此景，和一个泱泱大国很不般配。我和绝大多数中国观众都渴望目睹现代中国人制作出的好刀名刀。

"今晚在摩崖茶舍有个聚会，茶舍主人汪大鹤先生是我多年好友，这是地址，你去长长见识，见到他代我问候一下。听说今晚沈家轮先生也会带上那把老刀过去。"

"真的？"我接过纸条，一阵激动。

"这年月，爱刀、懂刀的男人越来越少了。"狮峰老壶感叹不止。

昨天晚上，沈家轮先生让我这位不懂刀的男人失眠了。白天的展场外面，阳光似火，我看见一位身着过膝白衫，耳下长须飘然的长者被众多中外记者和爱刀人围拢。狮峰老壶告诉我他就是大名鼎鼎的沈家轮先生。沈先生步履安然，面容温润，看不出实际年龄，点头移步的姿势仿佛是古代隐者。

一群人移向附近的一家茶楼，我和狮峰老壶跟在后面，茶楼外面拥挤不堪。要不是狮峰老壶，我连坐在茶楼外间偷听的机会都没有。采访在里间茶室，有英语和日语的交替提问，一个女子在缓缓翻译。沈先生话语不多，寥寥数语,平和中有哲理,语速不疾不慢,隔着门缝传出来。狮峰老壶手举紫砂壶,壶嘴停在嘴边,忘了吸吮。我仔细记录着沈先生说出的每一句话:

"古人用好茶洗好刀……"

"没有好刀,好茶也就消失了。"

"我在山里居住了二十年……"

"没有真正的隐者,这个年代更不会有。"

"一个国家就是一个男人。"

"刀文化能养育出最勇敢的男人。"

"中国已没有刀信仰。"

"传统已经变形、断裂,正在消失……"

"西湖越来越软了……"

"无刀客的时代无侠义,无侠义的时代无意义……"

黄昏时分,我来到摩崖茶舍门前。一位穿长衫的俊秀少年微笑开门,颔首,轻声问道:"请问先生尊姓大名,我去通报主人。"

"狮峰老壶的朋友。"我笑着说。

"请稍等。"他再次微笑,颔首,转身,步伐轻盈离去。

我站在门口，看见院落里大片的石榴树和巨大的古代刀客雕像：刀客神态各异，或威武，或冷静，或失落，或兴奋；有的眼神里透着蔑视，有的仰头望天，似乎在回忆某个惨烈瞬间；他们每个人手里握着的一柄窄刃长刀，或劈，或砍，或刺，形态各异；斜前方的一位刀客摆出切腹自杀的姿态，他头缠大布衫，胳膊粗壮，眼神里没有丝毫痛楚，倒有喜悦之情。

"先生，刚才主人还在茶舍，现在不知去哪儿了，您先请进吧。"

少年将我唤醒，我随他沿着小石径走进树林深处。一间古色古香的茶舍近在眼前，茶舍旁边的大树下立着一尊更为巨大的铜像，是一位铜盔铜甲的将军。我被铜像威武的神态吸引，停下脚步端详。

"是戚将军。"少年说，随我停步。

"哪个戚将军？"

"戚继光将军。"

"哦，抗倭英雄。"我顿悟，依然有不解。

"先生，请在此歇息。"

少年边说边引我入座，桌上摆着一套茶具，两个小瓷杯里还剩半杯茶。少年引杯，给我倒了龙井茶，随后笑着躬身离去。白瓷茶具精致可人，旋转瓷面，我看见一幅画，一个小女孩正在西湖岸边放风筝。

我牢记狮峰老壶的提醒：来到摩崖茶舍，要多听，少说话。我一个人细细品味着上好龙井。外面很静，能听见少年踏在石径上的脚步声，他或许又去迎接新的客人。窗外的竹叶伸进屋，也把西湖向晚的光线洒进来。起了微风，风送来树林深处男人间的话语声，隐隐的，我听见一个人的叹息："苗刀沉沦，国之大谬！"

另一个人叹了口气，接着问道："汪先生，沈先生今晚会来吗？"

"真希望再见到他，摸摸那把老刀。"我想说话的就是汪大鹤先生。

"苗刀要是在清朝广为流传，士兵之气定能改观。"汪先生说。

"言之有理！"

"今晚好刀云集，实在是太高兴了！"

苗刀？是苗族人发明制作的刀吗？我在猜测，忍不住走出屋门，在门口看见少年引领一位客人走来。此人身形威武,笑声爽朗,右手提着像黑色木棍的刀鞘闪着光。"汪大哥,快出来迎接小弟啊!哈哈!"男人站在石径中央不走了,环顾四周,用力拍打身旁石雕武士的胳膊。少年在一旁嗤嗤地笑。从树林里传出窸窸窣窣的声响。汪先生快步走出,抱紧双拳,大声说道:"铁犁老弟,好久不见!"两人紧紧握手,大笑;汪先生身着灰色长衫,身形儒雅,他指着身后一年轻男子,对铁犁说:"龙泉刀师侯不周先生。"

"铁犁兄,久仰!"

"不周兄,幸会!"

侯不周和铁犁双双抱拳致意。

这时,汪大鹤看见了我,朝我一笑。我马上自我介绍。他点点头,除了表示欢迎,还说狮峰老壶错过了今晚的刀宴。

我听见铁犁问汪先生:"沈先生今晚来吗?"

"八成会来。"

"那把老刀我只摸过一次,今晚想好好耍玩一回!"

"大家都想啊!"

三位先生进屋落座,我忽然有些犹豫。我是门外汉,生怕扰乱他们谈话的兴致。我对汪先生说:"汪先生,茶舍院落很有味道,我想去参观一下,你们先聊。"汪先生笑着点点头。

刚才我已经有了观察,茶舍是一间开阔的建筑,四面有窗,窗外有树,要是他们正常说话,我在外面也能听见他们的声音。我走出门,顺时针走过去,看见一块巨石,上面刻着一行字:

男人因刀成英雄,没有男人,刀也没有了灵魂!

好句!书法没有落款,下端刻有一只举止优雅的仙鹤,我忽然醒悟,这应该是汪大鹤先生的笔迹和绘画。

"这种博览会还是不办的好,"铁犁的声音传出来,"每次看见国外的名刀,我的心难受极了!"

"唉,不是一代两代就能改变的。"汪先生说。

"为什么会这样?"铁犁似乎在自言自语。

"传统已断,国人也无法静心钻研。"侯不周说。

"据说前一段时间买把菜刀都要拿身份证登记。"侯不周在叹气。

"刀术是技艺,也是精神啊……"汪先生说。

一阵沉默。他们的言语透着无奈。我慢慢往前走,看见巨石后方立着一面碑刻。天色将晚,我急忙走过去细看,碑的最上面刻着一把长刀,刀下有如下记述:

苗刀,形似禾苗,故名。此刀起源于西汉初年环首刀类,距今两千余年,冷兵器时代世界名刀之一。三国时期,苗刀传入日本;明朝后期,倭寇多使此刀,危害极大。戚继光将军临危不乱,迅速为军队配备此刀,揣摩倭寇刀法,加紧训练,其后士卒刀法较倭寇高出一筹,杀敌无数,平沿海倭犯。戚继光将军于1560年著成《辛酉刀法》,流传甚广。苗刀既可单手握把,又可双手执柄,临敌运用,辗转连击、疾速凌厉、身摧刀往,刀随人转,势如破竹,杀伤威力极大。

日本武士刀居然来自中国!这大大出乎我的想象。我连连摇头,竟兴奋地笑了几声——中国苗刀,真了不起!

此刻，我盼望沈家轮先生赶快到来。

天色不知不觉暗淡许多，我顺着树丛已经走出去了很远，没看见人影，也没听见其他声音；我恍惚看见少年的身影一晃而过，是迅速跑过去的。此时，寂静的院落忽然有了肃杀之气，因为我听见几声刀刃碰撞的锐利声音。我分辨不出声音来自何处，快步往前走，想寻找那间茶舍，可是我迷路了。

四周空无一人。

我再次听见刀刃相撞的声响。

一个提灯笼的身影远远地走来。

"哎！"我喊了一声。

灯笼调了个方向，静止片刻，开始朝我移近。

是那位少年。他笑着说："先生，正四处找您呢。沈先生可能会晚到，我家主人正和朋友们在上面试刀，您想去看看吗？"

"我想再喝杯茶，天气太热了。"

"好的。"

我随着少年的灯笼往前走，拐了好几个小道。路过一扇亮灯的窗户，我看见两位女子正往桌上摆放凉菜和酒水。

"今天的贵宾是沈先生啊。"我说。

"是的,是沈先生。"

"你见过那把老刀吗?"

少年笑了一声,在暗影里摇摇头。

茶室里就我一个人。我喝了三四杯茶,脑子里始终忘不掉"苗刀"这个字眼。我看见一排书架,几十本有关苗刀的书籍整齐地排列在茶具旁边,有的还是线装版本。我一阵欣喜,取下一本《苗刀图谱》,刚翻看第一页就愣住了——一位长者的照片赫然在目,正是沈家轮先生!我喘口气,凝视着他的照片,从他的眼神和表情里我没有读出骄横和虚妄,只读出了平静和淡淡的伤感。

这本书由几十幅图片构成,起首的是一幅苗刀图片,上面有详细的尺寸标记和刀身部位说明:此苗刀全长5尺,刀身长3尺8寸,刀柄长1尺2寸,刀宽1寸2分;苗刀由刀柄、护手和刀身三部分构成;刀身又分为刀尖、前刃与后刃三部分;护手(刀盘)呈圆形或椭圆形。

再翻看,是握刀技法说明,同样是文图相配,握刀示范者正是沈家轮先生本人。

抱刀：左手拇指和虎口扣住护手(刀盘)，食指和中指夹住刀柄，无名指和小指托住护手，刀背贴靠前臂。

单手握刀：五指握刀柄，虎口靠护手，刀背与虎口相对。

双手握刀：一手五指握刀柄的前部，虎口靠护手，另一手五指握刀柄的后部。

再后是刀法、步法图片，每幅图片下面均有文字说明：

  苗刀的步法是以疾绞连环步为主，运动中进步要求后脚发挥最大的蹬力，使前脚迈出越远越好；后脚贴地向前滑行，落脚时，脚跟先着地，既轻灵又沉稳，轻而不浮，沉而不重。动步时，两足要敏捷，逢进必跟，逢跟必进，进退成连环，疾速连贯。基本刀法：砍、撩、挑、截、推、刺、剁、点、崩、挂、格、削、戳柄、舞花；基本步型：歇步、虚步、弓步、马步、插步、并步、前点步、后点步、独立步；基本步法：跳步、疾绞连环步(拖拉步)、上步、退步、跟步。

我感觉周身被一股神秘的力量牵引。

我慢慢伸长手臂,想象自己正握着一把苗刀。

我依照书上的图片做起了动作——伸直前臂,上下劈砍,左右横扫,斜刺,削脑袋,捅裤裆……"杀!杀!杀!"我听见自己的喊叫。真是痛快淋漓!我似乎又听见刀刃的碰撞声。我跑出去,想让少年带着我去欣赏他们的刀法。没看见少年,院落里亮起了一排排红灯笼,远处站立的刀客雕像好像披了一层红油彩,又像一个个英雄烈士。

我决定一个人上去。头顶的树影在暗蓝色的天空下黑黢黢的,几只夜鸟鸣叫着飞走。四周飘荡着冷硬的"咔嚓"声。我放慢脚步,估算着距离,皮肤感受到了凉意。我继续前行,石径下面有时断时续的蛙鸣。空气似乎凝聚在一起,握在手里感觉特别坚硬。

耳边的"咔嚓"声突然消失了,不是幻觉,是彻底的消失,消失得干干净净。现在,我的身边弥漫着怪异的寂静。我压低足音,一步一步向前走,拐过三四道弯,突然看见三道黑影从我身旁一闪而过。我惊出冷汗,稳住呼吸,透过树枝缝隙,看见一盏红灯笼——倒在草地上的红灯笼像个受伤的孩子。那个少年坐在地上,手里握着一张纸条沉默不语。

我从少年冰凉的手里取出纸条,在红灯笼的光影里慢慢展开,几行隽秀疏朗的毛笔字映现眼前:

> 大鹤兄,本想前去叙旧,无奈老刀傍晚托梦于我,说时辰已到,他不愿在这个年代多停留一夜。这是祖宗留下来的苗刀,整整四百五十二岁,不多一天,不少一日。此刀杀敌,虽有残口,刀刃依旧锋利。传统已失,留下何用?老刀希望我把他化成烟尘,我想,还是让他沉睡湖底吧,西湖糜烂的水定会让他化为淤泥。今日辞别,他日相聚,这就是缘。
>
> 沈家轮即日黄昏

金鱼的旅行

孩子跪在椅子上，左手托着下巴，静静地望向窗外，从这个窗口能看见爸爸买鱼食回家。临近黄昏的光线柔和很多，照在脸上痒痒的。孩子眯着眼不是因为光线刺眼，而是想做一个游戏：透过眼睫毛，发现眼前的世界像梦境，又像在水面漂浮，仿佛近在眼前，伸手又触摸不到。他为自己的发现兴奋，咧开嘴笑了，刚掉下去的那颗门牙什么时候才长出来呢？他的脸颊靠在胳膊上，嘴角渐渐收拢，想睡一小会儿，不过在入梦前，他看见妈妈的影子，还听见自己的心里话："妈妈，加拿大真的比中国还大吗？"

睡梦中的孩子好像是被小金鱼咬醒的。他看见嘴边爸爸的手指，眨眨眼睛，一下子直起身子："爸爸，买鱼食了吗？"爸爸点点头，抚弄着他的头发。孩子跳下椅子，跑到客厅，再次叫道："金鱼金鱼，开饭了……金鱼金鱼，开饭了……"他拿来勺子，熟练地把鱼食投进鱼缸，两条红色小金鱼快速摆尾游过来，嘴巴贴紧水面，兴奋地吞食着。爸爸开始做饭，睿睿打开小台灯，小鼻子贴紧鱼缸，静静注视着鱼伙伴，眼睛里闪烁出的光芒似乎能穿透玻璃鱼缸。

"爸爸，加——拿——大真的比中国大吗？"他问道。

"比中国大。"爸爸在厨房里回答。

"大多少？"

"大不多。"

"比中国人还多吗？"

"少多了，加拿大才有三千多万人，中国估计有 15 亿呢。"

"爸爸，移民是什么意思？"

"妈妈不是说过了嘛。"

"爸爸，移民就是不在中国生活了吗？"

"可以这么说吧。"

"不回来了吗？"

爸爸择菜的手停下来,该怎么向儿子解释?"你想和爸爸妈妈分开吗?"他这样回答。儿子扭头看着他,说:"不想。"他还不明白移民的真正含义。"爸爸妈妈在哪儿生活,睿睿就在哪儿生活。"他的话让儿子明白了,爸爸妈妈在哪儿,睿睿的家就在哪儿。"爸爸,我能把金鱼带到加拿大吗?""加拿大也有金鱼,到那儿爸爸给你再买。""可我不想丢下它们俩……"睿睿撅起小嘴。爸爸看他一眼,轻声笑道:"好,睿睿喜欢就带走吧。"睿睿拍手欢呼,歪着脑袋朝金鱼吐舌头扮鬼脸:"金鱼金鱼,我们一起移民吧。"躺在床上,睿睿想着晚饭时爸爸告诉他的话:"睿睿,咱们家下个月就要去加拿大了,我和你妈妈说好了,我带你回老家见见爷爷和姑姑,从你生下来,他们才见过你一面。"爷爷和姑姑的相貌记忆全部来自家里的照片。闭上眼睛,他们的相貌和身影就会被睿睿自动挡在脑海外面。

"爸爸,老家是你出生的地方吗?"

"是。"

"我生在北京,北京是我的老家。"

"嗯……"

"咱们回老家,小鱼怎么办?"

"让我的学生代养几天。"

"不行,我要带着走!"

"怎么带?"

"我在鱼市见过大玻璃杯,还有盖子,灌上水,跟鱼缸一样的。"

"好吧……"爸爸同意了。

睿睿心满意足地睡着了。

出发的这天早晨,爸爸把两条金鱼捞出来放进玻璃杯,睿睿双手吃力地提着一个装满清水的塑料袋走过来。"爸爸,在路上要给金鱼换水,要不然金鱼会憋得慌。"睿睿的话让爸爸连连点头。

从北京到老家有九百多公里远,坐动车需要四个小时,乘特快需要九个小时。爸爸很想坐老式火车,速度虽然慢些,却可以更长地感受回家的滋味。他知道移民之后,回老家的次数会一年比一年少;可看见儿子怀里的玻璃杯,他改变了主意。花费巨资建造的动车外观漂亮,机车头像一颗随时准备发射出去的白色子弹。车厢里空荡荡的,一个人可以占据一排坐椅,横卧侧睡都行。睿睿抱着玻璃杯坐下,脸上洋溢着兴奋神情。"把杯子放在小桌上。"爸爸边放行李边说。睿睿摇摇头。"车厢很稳,不会倒。"爸爸接着说。睿睿把玻璃杯轻轻放在小桌上,水在微微荡漾,金鱼在欢快地悠游。睿睿慢慢移动杯子,透过杯底看金鱼,金鱼的身体被放大了好几倍,当然,从杯里往外面看,睿睿的眼睛也会被放大好几倍。

"爸爸,金鱼还没有名字,你帮它们起一个好吗?"

"还是你起吧。"爸爸笑着说,展开随身带的报纸。

火车开动的时候,他已看完两个版面,其中一个新闻评论标题让他很不舒服:不给大爷现钱,谁去河里捞尸?他叹口气,用力折叠起报纸。火车一路向前,穿越外观极其相似的城市、村镇和树木,走了几十公里好像还在同一片区域打转。这就是中国的同质化。这些年,身为大学副教授的他走访过很多国家,记忆最深的就是铁路两边悦目的田野和身形各异的古老建筑。没有历史感的国家是轻浮的,他喜欢这句话,虽然他已忘记这句话是谁说的了;他还想起广为流传的诗句:大自然滋养着孩子们的心灵。

大自然，中国的大自然在哪里？他被儿子的叫声唤醒："爸爸，想好了吗？"透过玻璃杯，儿子硕大无比的眼睛像来访的外星人。"你帮我想想吧，爸爸，求你了。"

"好，爸爸帮你想，你发现两条金鱼有什么地方不同了吗？"他拍拍儿子的屁股，下巴抵住儿子的头发。

"我早就发现了这一条的嘴边有条细线那一条的尾巴上有个小花点我早就发现了……"儿子一口气说完，脸憋红了。

"慢点说……"

"该给小鱼换水了吧？"

"过会儿再换吧。"

儿子在喝水，小嘴唇在透过车窗的阳光下泛着幼嫩的光。儿子，爸爸妈妈移民都是为了你，他默默在心里说，一股伤感慢慢升腾，眼睛不知不觉在湿润。他把视线移向窗外，火车速度再快，眼前的世界毕竟是那么熟悉。"爸爸，这一条叫胡子，那一条叫斑点，行吗？"他醒悟过来，咳嗽两声清爽着嗓子。"好名字，睿睿真聪明。"他摸着儿子的脑袋，盯着两条金鱼，实在找不出更贴切的名字了。"胡子，斑点，真是好名字。"他继续说，像在自语了。

儿子在晃动的车厢里睡着了。他担心空调温度太低,找出一件长袖衬衣盖在儿子身上。周围的旅客差不多都在打瞌睡。他拿着玻璃杯走进盥洗室,倒出大半杯水,回到座位后,又把袋子里的清水倒进杯子。他喜欢这个过程,有意将倒水的时间拉长:胡子和斑点在流动的水流里先是愉快跳跃,接着平静地游动,眼前这片清静的鱼世界让他看见身体里莫名的脏和心灵日渐的麻木。如果没有妻子,他压根没有移民的念头和胆量。凑合待着吧,他是这样想的,原本以为会在待了十几年的校园里永远待下去,看着自己被一层一层衰朽的布慢慢缠绕,直到整个躯体变成一个没有激情只有疲惫的囊中物,衰变成一个佝偻身体的老头。他最终屈服于世俗的念想:自己没有了希望,就会把希望寄托在孩子身上。

下火车,再转乘两个小时的长途汽车,老家已近在眼前。儿子抱着玻璃杯,他肩挎手提旅行包,走出汽车站的大门。父亲已在这里等了两个钟头迎接儿孙的到来。"爸,"他有些吃惊,走向前握了握父亲瘦削的胳膊说道,

"快叫爷爷。"他的手指在儿子的肩头悄悄用了些力。

"爷爷……"睿睿抬头望着老人。

"睿睿长这么大了。"父亲很激动,弯腰看着孙子,"回来就好,回来就好。"他慌忙伸手去接睿睿怀里的玻璃杯,睿睿更紧地抱住,望着爸爸。

"爸,他一路抱过来的,让他抱着吧,不沉。"

父亲略一迟疑,又想接儿子手里的行李。"行李不沉,回家吧。"他笑着说。父亲手足无措地愣了片刻,想起什么似的,朝一个方向连连招手,一辆三轮车飞快地跑过来。三轮车主把睿睿抱上车,放好行李,发现座位只够一个人坐了。父亲摆摆手,执意让儿子坐。最后的结果是三轮车拉着睿睿,父子俩并排走路。"老爷子,我把您孙子直接送回家?"三轮车主嘿嘿笑着说。

"好,好,你先走吧。"父亲说。

"爸……"他皱了皱眉头。

父亲小声说:"他是咱家的邻居,没事,别耽误他挣钱,多拉一趟是一趟,现在生意不好做。"又摆摆手,示意三轮车先走。三轮车主飞身上马,一溜烟跑开了。睿睿扭头看着爸爸,怀里的玻璃杯晃来晃去,金鱼的身体不停地碰撞、分开,碰撞、分开……"慢点……慢点……"睿睿有些害怕,声音在发抖。"好咧。"车主说,放慢了蹬踏的节奏。父子俩因为睿睿的先行离去再也找不到话题,沉默着往前走。其实话题就在嘴边,谁也不想在此刻挑开。他们俩走进家门的时候,看见睿睿站在墙角抹眼泪,睿睿的姑姑正在洗刷玻璃杯。"姐,我回来了,"他喊了两声,接着问睿睿,"哭什么呢?"

"摔了……"睿睿一下子哭出了声。

"睿睿在院子里磕了一下,杯子倒在地上,撒了一地水……瞧,鱼在盆里呢,杯子上全是泥,我给洗洗。"姐姐说。睿睿的姑姑几年前离婚后就搬过来和父亲同吃同住,她有一个女儿,现在深圳打工。他把行李搬进屋,掏出纸巾擦拭儿子脸上的泪痕,说:"叫姑姑了吗?"睿睿点点头,跑过去蹲在脸盆边,边看小鱼边露出了笑容。睿睿不经意间扭头看见一个人影躲在墙角,好像是和自己同岁的男孩。"你想看鱼吗?"睿睿问道,"过来一起看鱼吧,我养的小鱼。"他朝人影招手。人影闪出墙角,一步步走过来。睿睿的爸爸一眼就发现眼前的男孩是个侏儒。他看着父亲,希望得到答案。父亲拉拉他的衣角,小声说:"拉三轮的是他爹,刚搬到这边来的……唉……快十四了,才长这么高,没办法……"男孩看上去和睿睿差不多高,只是面容更显成熟,手指又粗又圆,眼神里充满忧郁。"孩子,过来,这是你爹的车费。"父亲把钱塞进男孩的手里,"跟我孙子玩吧,玩吧……"

父子俩先后走进屋,父亲倒了两杯水,坐下来点燃一根烟。屋里光线很暗,过了一会儿瞳孔才适应。家里的摆设还是几年前的旧物,贴墙的老橱柜上面摆放着娘的遗照,挂在墙上的镜框里挤满自己小时候的照片、睿睿的百天照和一家三口的合影。

睿睿一个人的说话声飘过院子跑进屋。他没发现父亲和睿睿的合影照,拼命搜索记忆,终于想起来那一年父亲到北京看睿睿的时候,家里的照相机碰巧坏了。这次一定要补上,他是这样想的,起身打开行李,先掏出相机,又掏出给父亲买的中华牌香烟,两盒人参补品,一顶冬天戴的鸭绒帽;他又从箱子底掏出一条丝巾和一盒化妆品放在桌上,默默转身坐下,喝了家乡的第一口水。他喝得很慢,舌尖能感受到水里的碱性气味。在这个过程中,父亲一直沉默不语,嘴里吐出的烟雾一刻不停地环绕着他。姐姐进了屋,在小凳子上坐下。"姐,睿睿妈给你买的。"他说。姐姐看了一眼,说:"睿睿这么大了,真快,要不是看过照片,大街上我可认不出。"他们又聊了其他一些家常,移民话题最终还是摆在桌面上了。"说到移民,我就想到三峡移民……"父亲的话随着嘴里的烟跑出来,"从四川移民到江苏、上海,电视上说,这些四川人特别想老家,晚上经常哭,现在也没办法回去,只能等年岁大了,再回老家养老,落叶归根,老话没错……"

落叶归根,他明白父亲的所指。

"中国这么大,非得移民到加拿大?"父亲忽然有些激动。"主要是为了睿睿。"他这样解释。"睿睿才五岁……"父亲皱起眉头。"我和她也想换个环境……"他继续解释。"你也不小了……再过两个月就41岁了……"

"……"

"你们两口子在国内生活不下去了?"父亲满眼疑惑。

他看着父亲,摇摇头,思维有些停顿。

"你犯错误了?"

"没有,我们俩工作正常。"

三十多年前，父亲是小城里著名的'臭老九'，被学生泼墨汁、揪头发、坐"喷气式"，整天游街，要么站在教室课桌上背毛主席语录，低头认罪。这些故事是父亲后来告诉他的。父亲还说，要不是为了孩子（当年姐姐五岁，他还没出生），他早就拒绝忍受耻辱跳河自杀了。父亲手里的烟在抖动。"知足常乐……知足常乐……知足吧……"他站起身，狠狠地扔掉烟蒂，走进里屋。一阵沉默后，父亲的声音突然从里面传出来："你妈要是还活着不知道她咋想。"姐姐说去做晚饭，拉开门走了，她没有马上离开，背靠门板听父子俩还会说什么；她站了好一会儿，听见的是父亲的一声长叹和随后持续的沉默。

姐姐在一遍一遍地洗菜，菜其实已经很干净了，她倒水接水的连续动作是下意识的。他走出屋，站在姐姐身后。"咱爸他……"他只说出了这两个字，抬头望着天空，"姐，我本来没想过要走，可是想来想去，还是得走……"他踢了踢脚下的石头子，石头子奔跑的路线让他想起睿睿。睿睿此刻不在院子里。"睿睿！"他叫道，听见声音在院子里回荡。他熟悉声音在小院里回荡的效果。小时候,他大声背诵父亲布置的唐诗作业,声音跑到对面墙上会弹回来的,像小剧场里的回声。"睿睿!"他再次喊了一声。父亲推开门跑出来,脸上挂着焦虑。"睿睿和石头出去玩了。"姐姐看着父亲说。父亲神情略微放松,朝院门外摆摆手,说:"去找找,去找找……外面太乱!"说完又折回小屋。

"没事吧?"他小声问道。

"没事。你把孩子看得太仔细了。"姐姐把洗菜水泼向半空,他在水波里看见转瞬即逝的彩虹。"北京是首都,我们住久了才发现北京其实也挺乱的,车多、人多,流动人口多,孩子上学,几乎每个家长都要去接送,要不然不放心……"他想象着刚才的彩虹,抬头望天,几朵灰黑色的云正在飘移。

"加拿大……真比中国好?"姐姐问道。"不想让孩子活得太累,现在的孩子压力太大,从小学到高中,除了死读书,要分数,没啥想法,再说,我们俩还都年轻……""移民是谁的主意?""睿睿妈妈的,多亏她有过硬的学问,可以办技术移民,我和睿睿随她过去。她现在就在加拿大,要和一家医学机构最终签约。她十年前从美国读完生物学研究生后回国工作,遇到很多不顺心的事,她一心做学问,不太会处理人际关系,研究院里的好事几乎轮不到她……挺累的,研究上也没什么动力……她就想安安静静地搞研究,安安静静地生活,凭本事吃饭。"

"现在有关系才叫有本事。"

"是啊……"

"你到那边干啥工作?"

"还不知道,可能不教书了,我是中文系毕业的,英文好多年不用,快忘干净了,到那边找找看吧。""在国内大学里工作不是挺稳定吗?""现在大学跟政府机关差不多,都是领导和上下级关系,没意思。学术研究跟项目资金挂钩,大家都在找关系要钱,想静心做学问的人也越来越少了……论文、著作抄来抄去,没人管。再说这几年我教的学生大学毕业后很难找到好工作,我也有失败感……"

"你想这么多干吗?"

"总觉得这样工作没意思……很压抑……"

"在加拿大就能顺心了?"

"不知道……"

"移民后你就是加拿大人了吧?"

他笑了笑,说:"移民过去就是拥有了加拿大长期居留证,就是绿卡,还是中国人。"姐姐明白似的点点头,朝屋里大声喊道:"爸!爸!移民是去国外工作,还是中国人!"没听见父亲的回应。两个人对视着,忍不住笑了笑。

"小萍在深圳怎么样?"

姐姐叹口气,说:"一月挣两千多块钱,够她一人用的。听说她工作的厂子有好几万人,时常有工人跳楼自杀,真吓死人。我真想让小萍回家算了,不挣那份钱了。你猜怎么着,小萍告诉我,她不会自杀,要自杀也不会选择跳楼,死相太难看了。瞧瞧这孩子,都二十出头了,还这么说话。这些孩子,爹妈养他们容易吗?说自杀就自杀,也不为家人想想……唉……我真担心小萍……"

"我在加拿大稳定了,也让小萍过去看看,说不定有机会。"

"反正家里都指望你呢……"

姐姐的话让他抿紧嘴唇,内心忽然涌动起当年大学毕业后的创业激情。"叫睿睿回来吃饭吧。"姐姐说。

他走出院门,没看见睿睿的影子,继续往前走,听见了睿睿的叫声。石头正骑着一辆没有车篷的破旧三轮车拉着睿睿狂奔。石头矮小的身体整个伏在车把上,两只脚一上一下用力蹬踏脚蹬,动作夸张变形,看背影像一个年幼的杂耍艺人。"睿睿,回家吃饭了。"他大声叫道。石头熟练地减速,回头望一眼,扭转了车把,接着蹬踏、加速,睿睿抱着玻璃杯大呼小叫。他觉得骑车的石头真像一头小野兽。

这时,一辆汽车突然拐进街口,街道不宽,汽车没有减速的迹象,他的耳朵里挤满汽车油门的轰鸣声。"小心!"他大喊。石头一惊,猛转车把,汽车"唰"地冲过去,溅起路边的污水。三轮车倒在一旁,车轮兀自转动,石头和睿睿摔倒在地,两个人的脸上身上都是泥水。玻璃杯的盖子掉了,杯子里的水往外流,一条金鱼正在泥地里挣扎。石头拾起金鱼,放进杯子后给睿睿看,说:"金鱼没事。"睿睿一脸惊恐,看见跑过来的爸爸,眼泪和脸上的泥点混在一起落下来。石头站起身,望着消失的汽车,满眼愤怒。

姐姐给泥猴般的睿睿擦洗身子。父亲的手指在愤愤地抖动。家里那张用了几十年的老式四方木桌摆放在院子里,桌上摆有姐姐烧好的六样菜:一条鱼、一盘鸡,几个蔬菜,当然还有一盘他小时候最爱吃的锅贴豆腐。父亲拿来一瓶酒放在桌上,又从橱柜里拿来四个小酒杯。

"爸,酒杯多了一个。"

父亲没说话。

"爸想给娘喝一杯。"姐姐背对着他说道。

他醒悟,赶忙起身倒酒,听见睿睿在跟姐姐说话:"姑姑,能让石头过来一起吃饭吗?"

"姑姑待会儿盛些饭菜端过去。"

睿睿走过来坐在爸爸腿上。姐姐端着一碗饭菜出了门。睿睿望着爸爸说:"我想喝饮料。"

"吃饭吧。"他说。

"爷爷去买。"父亲望着睿睿说,已经站起半个身子。

"爸,我去买。"他点了点儿子的脑袋瓜。

"出门往左拐。"

"知道了。"

院子里只剩下了爷俩。爷爷望着睿睿,眼睛一眨不眨。睿睿低头拿着筷子敲桌沿,嘴里哼唱着,发觉爷爷正牢牢地盯着他看,有些羞怯,继续敲打着,节奏有些紊乱。爷爷收回目光,嘴角展开笑容,忽然想起了什么,扬了一下手臂,从衣袋里掏出一个红包,塞进睿睿的短裤兜,一字一句地说:"爷爷给你的,到那边买玩具吧。"睿睿看着爷爷的手指伸进裤兜,手指上暴起的青筋让他有些害怕。"学会认字了,给爷爷写信。"爷爷接着说,睿睿懵懂地点点头。小院里继续回响着筷子敲击桌沿的声音。老人端起一杯酒,进了屋,站在老伴遗照面前。他把酒杯放在桌上,手指明显在抖动,视线有些模糊。他轻轻喘了一口气,缓缓说道:"老伴,儿子和孙子回来了,他们一家三口要出远门了,我代他们给你说一声。儿大不由娘,让他们去吧……"老人低下头,余光看见一个人影,发现睿睿正扶着门框,静静地望着自己。老人走过去,摩挲着孙子的头发,眼泪忍不住流了下来。

　　月亮再亮,也遮盖不住星星;遮盖星星的是天上的脏云。父亲已躺下休息,姐姐屋里的灯也刚刚熄灭。睿睿躺在床上,手握红包,打着小呼噜。透过窗子,他能看见院子里那几把椅子的朦胧身影。他轻轻走出去,在椅子上坐下,夏末的晚风还没有凉意。他听见父亲的咳嗽声,盯着父亲房间的窗户愣了半天神。树枝在月影里晃动,夜市的吆喝声时断时续隔墙飘来,同时飘来的还有木头燃烧和烤肉串的味道。他走出去,远处几个袒胸赤膊的男人举着啤酒瓶嬉笑怒骂。若是当年留在家乡小城,自己会不会也是这样喝酒?这一刻,他真想脱光衣服,像这些男人一样,袒胸赤膊地喝酒吃肉,甩掉这些年身上包裹的文人气,活得要像个野蛮人。他知道,在现在的中国,几乎每一个活得有滋有味的人,不管男女,身上一定有某种狼性,这是特殊年代必备的生存野性。而他恰恰缺乏这一点。事实上他早就认输了,他过去认输的方式是躲避,现在则是逃离,哪怕是去陌生的国度孤独地生活。街边的小商店亮着灯,十几种水果胡乱摆放在纸箱子里。一把香蕉让他想到儿子,睿睿有可能变成香蕉人。是的,儿子会变成香蕉人,他和妻子也是远离故土的人。思绪让他伤感。眼前的街灯有些模糊。响起一串车铃声,一辆三轮车停在身边,是石头爹。"大兄弟,出来转啊。"石头爹嘿嘿笑着说。他尴尬地点点头。"我带你转转吧,逛夜市去。"石头爹爽快地说。他谢绝了,因为出门时忘带钱包。"不收钱,走吧。"石头爹挥挥手。他还是推辞了,石头爹疲惫的神情也让他不忍。三轮车消失在暗影里,他没有了继续走的心情。快到家门口了,路灯下停着那辆三轮车,石头爹正和石头低头吃饭。石头看见了他,停住筷子站起身。他招了招手,走进家里。屋里的酒气让他在橱柜前驻足。他没有开灯,就着外面照射进来的亮光端详着母亲的遗照。母亲去世那年,他发现父亲脸上忽然出现了一种永远改变了他相貌的表情,眼神里有呆滞的伤感和失望。父亲多次说过,他希望能死在母亲前面。母亲去世后,父亲再没钓过鱼,他的渔竿躲在墙角,沾在上面的灰尘像大团黑色的棉絮。他记得自己和父亲一起钓过几次鱼,不过那都是他读大学时回老家的回忆了。那时的河道还很宽,他和父亲卷起裤腿,站在河道甩竿。父亲的耳朵上夹着烟卷,腰里挂着鱼篓。父亲是钓鱼高手,他们钓到黄昏回家,母亲把鱼倒进盆里,先给鱼洗澡,洗干净了再去厨房取刀。他和父亲洗脸洗手洗腿,然后坐在院子里等着晚上的鱼宴。还有一次,他钓上一条死命挣扎的大鱼,大鱼在空中翻转身体,击中他的脸,他一屁股坐在河里,鱼拽着钓竿逃窜。父亲在水里奔跑,溅起的水花在阳光下闪闪发光。那时候的父亲还不到五十岁,体力还好着呢。

他突然有个想法,要把娘的遗照翻拍一张,带到加拿大去。一股宽慰的情绪顿时包裹着他。睿睿睡得很香,手里的红包滑落在枕头边。他打开红包,里面有五张粉色的百元人民币。他从旅行包里数出四千五百元,连同这五百块钱一同放在信封里。这次回家,他想给父亲留下五千元钱。他躺在床上,压响了那片红纸,这声音改变了他的初衷。他起身下床,打开信封,取出父亲给儿子的那五百元,把红包仔细包好,又重新在信封里补上五百元钱。他这样做,只是想把父亲对儿子的心意长久地留存下来。

第二天一大早他就醒了,简单洗漱后他取下相框,一出门就碰上了石头爹。石头爹说知道在哪儿翻拍。一切顺利,照片两天后取。石头爹还是想拉他转转,这一次他没有谢绝。他们一路慢慢前行,过去读书的中学旧址如今被一座蔬菜批发市场覆盖,唯一的一家电影院还在，只是更显破败，被几家录像放映厅包围起来。多年前他曾和父亲在这里看过电影《少林寺》，票价两毛，好像看了三四遍。石头爹说他有十几年没看电影了，想看就去录像厅，票钱两块，能看好几部外国电影呢。经过一个工地，石头爹停下车，有些得意地扭头问道："大兄弟，知道这是干啥的吗？"他摇摇头，几个工人正呼哧呼哧地搬运水泥砖瓦，脸上全是泥巴。"这是在建文物，这房子建好了，咱们这地界也出名喽。"石头爹边说边继续骑行。

"啥文物？"

"报纸上说，考古学家研究证明，孔子曾经在这里住过几天。孔子住过的地方一定是宝地，有仙气！孔夫子，这可是圣人！这地界要出名喽……"他愉快地按响车铃，肩膀夸张地扭动着。石头爹的话让他哭笑不得。国学，大师，圣人……在他看来，这些词汇越来越像一块块又干又硬的石头。他忍不住连连摇头，无意中看见了河边的睿睿和石头，就跳下车，喊着儿子。

"爸爸……爸爸……"睿睿兴奋地回应。

"睿睿……你干吗呢？"

"和石头哥哥玩呢。"

"小心点,早点回家!"

"大兄弟,有我儿子在呢,这儿离家很近。"

"水深吗?"他小声问道。

"现在哪还有水,瞧那水比羊肠子还细。石头昨天和你儿子玩,高兴坏了,那条街上没孩子跟他玩。"

"石头很懂事。"

"唉……他这样子,今后咋办?"石头爹的脸色暗淡下去。

他不知道如何回答。"你们好好玩吧!早点回家!"他再次喊道,跳上了车座。

目送爸爸离去,睿睿更显高兴。他蹲在那儿,用手拍着溪水,他在北京可没这么玩过,觉得新鲜好玩极了。小溪不深,一米左右的宽度,流向不远处的小树林。水边有绿草,是那种泛黄的绿草,没有苍翠欲滴的气息。几只瘦弱的蜻蜓在草尖停留片刻就飞走了。睿睿脱下鞋子,脚伸进溪流,扑腾着水花,欢叫着:"石头哥哥,你也把鞋脱掉吧。"石头望着他,笑着捡起一张纸片,叠了一个纸船,放在水面。纸船晃悠着,漂到睿睿脚边。他一脚就把纸船踢翻了,还哈哈笑,石头也笑,抖落纸船里的水,再次放在水面。纸船顺着溪流漂下去,中途好像歪斜在草丛上,随后又被流水摆正方向,继续前行。石头跟着纸船走,睿睿站起身,跑过去看,问道:"小船会走到哪儿?"

"小树林。"石头直直前方。

"然后呢?"

"山那边。"

"然后呢?"

"山那边有河……"

"然后呢?"

"……"石头挠挠头,望着睿睿,又摇摇头。

"石头哥哥,水里有鱼吗?"

"不知道。"

"我没看见鱼。"

"我以前见过。"

"没有鱼,小河会难过吗?"

"……"石头有些莫名其妙。

"我想小河一定会很难过的……"睿睿低着头说,慢慢回到刚才的位置。他的玻璃杯和金鱼等着他呢。石头走过来,盯着玻璃杯看了好久。"你想让金鱼在河里游泳吗?"他说。

"金鱼会游走的。""不会的。"

"会的。"

"我用石头子堵住小河,两边都堵上,就不会游走了。"

"真的?"

石头点点头,转身找了些石头子,摆放在河道两头,中间围出了水面。"行吗?"石头望着睿睿说,"金鱼不会游走的。"

睿睿放了心,扭开盖子,小手伸进杯子,把金鱼一条一条捧出来,放进水里。金鱼一下子来了精神,大口呼吸,快速游动,猛地潜入水底,睿睿急得连连跺脚。石头嘴角含着一根草,嗤嗤地笑。金鱼终于游出了水面,开始追逐嬉戏,显然对这个宽大的水世界充满好奇。石头和睿睿趴在草地上看金鱼,两个人的小腿在半空中自在晃悠,时不时触碰一下。石头的小腿短而粗壮,睿睿的就像削过皮的细黄瓜。"这条叫胡子,那条叫斑点,"睿睿自豪地说,"名字是我取的。"金鱼游过来的时候,睿睿把手里的草伸进胡子的嘴巴里玩,石头说小草会割破金鱼的腮,金鱼会憋死的。睿睿吐吐舌头,赶快丢掉了小草。两个人说笑着,翻过身,望天上的云,猜云的形状。上游的水慢慢穿越石头缝流进来,水面在上涨,金鱼更自在了。水流冲刷着下面的石子,渐渐冲开一条小缝,小缝渐渐变成大缝,石子抵不住水流的力量,散开了。石头听见了水流的变化,急转身叫起来:"塌啦!塌啦!"睿睿也发觉了,连连喊着:"我的金鱼!金鱼!"石头的动作还是慢了,两条金鱼穿过石子,顺着溪流游了下去,速度极快。石头一路追赶,想在下面堵住,可他奔跑抓捕的动作总是慢半拍,还摔倒了几次,身上早已湿透,手指也划破了口子。睿睿跑在后面,急得面目扭曲。石头一直追进小树林,消失了身影,睿睿停住脚,大声哭喊起来:"我的金鱼……我的金鱼……"睿睿跪在草地上,眼前"哗哗"流淌的溪流让他迷惑,玻璃杯躺在那儿,一声不吭。天上的云由白变灰,远处似乎有雷声。石头低着头,一步一步走过来。两个人目光对视,睿睿的眼角有泪痕,看见石头的右手紧握着。

"石头哥,金鱼呢?"

"跑了一条……"石头摊开拳头,是一条扁扁的鱼身体,鱼鳃暴露在外,鱼眼掉了,留下一个空洞。"踩死一条……"他坐下来,把死鱼放在草地上,垂下脑袋。睿睿哭出了声,声音由小渐大,传出很远……

儿子的红肿眼泡让他情绪低落。回老家仅仅过了一天,他和儿子都感觉到这里的气场离他们已经很远。儿子说想妈妈了,还说想今晚就回家。他也突然想回去了。玻璃杯在窗台上,死鱼的尸体漂浮在半瓶水里。他和儿子都听见了石头爹责骂、暴揍石头的声音,石头一直沉默不语。

"睿睿,爷爷这就给你买去,街上有卖的。"父亲站在屋门后说。"我不要……我就要斑点和胡子……"父亲还想说什么。他站起身,走到屋外:"爸,睿睿和那两条鱼有感情,养了半年了。"他又听见了睿睿呜呜咽咽的涕泣:"胡子……是被踩死的……"他走进屋,搂住儿子的脊背。"爸爸知道睿睿难受,回到北京爸爸就给睿睿买一模一样的鱼。我觉得石头挺好的,他也不是故意的……"

"买不到了……"

"能买到的。"

"爸爸,我要把胡子带回去。"

"可以。"

"把它埋在咱们家小区的院子里。"

"好的……"

"再在旁边种一棵小树。"

"行……"

一阵雷声从远方滚滚而来,起了风,风把天色吹黑了。他和儿子躺在床上,继续说话。"爸爸,你说斑点会死吗?"

"斑点是游走的,怎么会死呢?"他故意惊诧地说。

"真的?"

"爸爸不骗你。"

"那……它会游到哪儿?"

"你说呢?"

"会游到海里吗?"

"有可能。"

"到底能不能!"

"能!"

"它喜欢海吗?"

"鱼都喜欢海。"

"海大吗?"

"很大……"

"深吗?"

"很深……"

"斑点……会被大鱼吃掉吗?"

"斑点很聪明,不会被吃的,斑点会长成一条大鱼,很大的鱼!"

他伸展双臂,比划着。睿睿开始笑了,趴在床上扭动身体,做游泳状。窗外,雷把雨击落,大小雨滴敲打玻璃窗,带给这座小城暂时的冷静。儿子累了,靠着他睡着了。他搂着儿子,闭上了眼睛,忍不住想象斑点游出这里的小溪,游进远方大海的兴奋姿态。斑点会见到数不清的色彩斑斓的海鱼,那是个奇妙的海底世界。可他知道斑点一定会死的,他刚才说给儿子的话都是谎言;他也知道,世上的谎言分为两种:善意的和暗藏阴谋的。

而爸爸对儿子的善意在天底下是透明的。

芭比娃娃

中国男人的命是可以用金钱计算的。当然,没有遭遇大祸的家庭很难想象。这个故事发生在北京冬天的郊外。此时,浓浓的寒冷夜色像口大黑锅笼罩着一间小屋,透过脏乎乎的窗玻璃,你能看见桌上捆紧的二十万元人民币酷似两块冷硬的大砖头——它可是一个煤矿工人一生挣得最多的一笔钱!我冒昧地想,这个男人要是能活着看见自己一下子挣了这么多人民币,可能会兴奋过度昏迷过去吧(对不起,愿他的灵魂安息)。总之,这个男人死了,留下母女俩,和一个阅历不深、刚被他带出农村来到北京打工的弟弟老二。

男人的尸体还在煤窑里,如果非要挖上来,窑主只给十万元;再多给十万有个必须的条件:不再追究此事,不能乱说话,只当什么事也没发生。女人寻死觅活,想见男人最后一面。老二去煤窑理论,挨了五六棍,伤了胳膊和手指,无可奈何的他从路边的煤堆里随便拽了一个矿工帽,捡起石头子在上面刻上大哥的名字,给嫂子说只挖出了帽子,煤窑给封死了,尸体挖不出来了。女人红肿的眼睛像皱巴巴的杏仁,她搂紧十岁的女儿小翠,哆嗦着手抚摸矿工帽上男人歪歪扭扭的名字。小翠边哭边说:"叔,我想看爸爸一眼……"此时,女人已经决计带着女儿返回河南老家。

老二看出了嫂子的心思,可他不想再回老家了。小翠正在厨房下面条,他走进去,小声对小翠说:"你妈可能会带你回老家……"小翠不说话,眼泪还在流。"老家也没多少地了,年轻人都出去打工、上学了,你回去咋上学?"老二瞟一眼小翠,点上一根烟。小翠抹把眼泪,带着哭腔说:"我总觉得我爸没死……没死……"说完哭声变大了。老二拍拍小翠的肩膀,回到屋里,对嫂子说:"嫂子,小翠从小到大,一直生活在外面,回老家肯定不习惯……你得为小翠想想……小翠现在缺的不是钱,别耽误了孩子……"女人惊诧地望着他。老二接着说:"小翠很懂事，学习又好，将来肯定能给你长脸，我哥在那边也会高兴！咱家也会出一个大学生！"女人怔住了。小翠端着一大碗面走进来，放在桌上，抱着爸爸的矿工帽坐在一边，轻轻抚摸着：粘在上面的煤屑在轻微脱落，帽顶的灯罩已经破碎，藏在里面的小灯泡的钨丝在瑟瑟发抖，系头盔的带子又黑又亮，掉了一半；爸爸的名字刻痕有点扎手，却是实实在在的。老二吃完面条要走了。小翠抱着爸爸的矿工帽跟出来。"叔……"小翠送出门外喊了一声。老二听见了，但没停步。"叔……"小翠憋红了脸又喊了一声。老二放慢脚步，停住了，突然用力转头，大声说："小翠，叔过几天去外面看看，找找赚钱的机会！劝劝你妈！好好劝劝你妈！想开点！叔回来带你们娘俩赚钱，赚大钱！听见了吗？"小翠抽动鼻子，狠狠地点头，甩出了眼里的泪珠。

三天后，女人在附近干枯的树林里给自己的男人选了一个葬身之地。她把男人的矿工帽擦得锃亮，准备埋进土坑里。她安慰自己，等将来回老家的时候再把它挖出来带走。可是小翠想留下爸爸的矿工帽，她拿出一双爸爸从未穿过的新皮鞋,说:"妈,埋这个吧。"

北京郊外的风像刀子。小翠一只手抱着爸爸的新皮鞋,一只手搀扶着妈妈。妈妈的胳肢窝下是温热的。到了树林,两人轮流挖坑,女人支撑不住,歪坐在地上,哭着说:"小翠她爸……我再苦再累……也要供小翠读书……你安心走吧……小翠她爸……"小翠一边挖一边流泪。挖好了坑,把新皮鞋放了进去。女人拉着小翠的胳膊,让她给爸爸说几句话。小翠蹲下身,看着一股卷着尘土的风围着新皮鞋转悠,然后猛地窜出老高飞走了。她看着沾满尘土的皮鞋,大声说道:"爸爸……我叔说会带我们赚大钱……我和我妈……会过上好日子……爸爸……我会好好习……听我妈的话……好好照顾我妈……你放心吧……爸爸……爸爸……"深埋在煤窑里的男人没有回声,女人和小翠耳边呼啸着北京郊外的寒风。

爸爸的矿工帽成了小翠的宝贝。她放在床头,晚上睡觉关灯前,必须摸一下心里才踏实。一天晚上,她梦见爸爸搂着她的肩膀,说过春节给她买芭比娃娃。她的确说过想要一个芭比娃娃,班里好几个女同学都有芭比娃娃了,不过她只是随便说了一句,爸爸就记在心了。

距离春节还有一个月。看着路边的成都小吃店、山西削面馆、河南烩面馆、四川火锅店、贵州米粉店，老二嘎嘎笑了好几声。要是以前，能开这样一家小饭店可是他在北京打工的最高梦想。现在变了，他的眼前飘浮着二十万人民币——现成的钱，他想借用，不是全部，借十万就成。他开始寻找赚钱既多又快的行当。他信心满满来到广东东莞，那里有他的同乡，可是倒闭的小工厂和同乡无望的眼神让他的心凉了半截。他一个人坐在东莞街边的大排档失落地喝闷酒。这时，一个黑瘦男人慢悠悠地走过来，神秘兮兮弯下腰说："先生，从哪儿来？"

"北京啊。"他打了一个酒嗝。

"要'伟哥'吗？绝对爽！"

"伟哥？"

"美国进口，十分钟见效，保你爽透！"

老二当然听说过"伟哥"，明白男人在卖壮阳药。男人说这是一流的成人保健用品，不是壮阳药。老二有些晕乎。男人指指街头一家挂着"成人保健用品"招牌的小商店，说："那就是我开的店，进去瞧瞧？"老二此生还是第一次走进成人保健品店，心里一阵发紧。上百种成人保健品在货架上一字排列,色彩斑斓。老二的表情逃不过男人的眼睛,他嘿嘿笑着从架子上拿来印刷精美的宣传册,说:"想不想开一家?我是批发零售都做,需要货找我。绝对保证最低价!"他随手拿出一个巨大的粉红色女孩,按下开关,女孩的呻吟在小屋里飘荡开来。"日本靓妹,最新款的,真人比例,瞧这皮肤,跟水似的!你摸摸!"

"咋卖的?"

"零售价九百八,批发价四百八,卖一个赚五百!"

老二咬紧嘴唇,伸手捏靓妹的胳膊,感觉凉凉的,滑滑的。男人咂吧着舌头说:"晚上搂着睡,比真人听话,想怎么玩就怎么玩。"

"开这种店,办照难吗?"老二动了心。

"这是合法生意,办照没问题!找个中介,多给点钱就办了。"老二心里有了一半的谱。男人接着说:"男人离不开女人,女人也离不开男人……现在应该再加一句,男人离不开男人,女人离不开女人,瞧那边的货品全是同性恋用的。"男人抱来一大摞印刷精美的产品说明书,说:"产品说明和批发价都在上面,想好了给我打电话,保证让你赚钱!"老二的后背全湿透了。"老兄,交个朋友,"男人拍拍老二的肩膀说,"这片'伟哥'送给你了,试试吧。"蓝蓝的药丸,椭圆形的模样。老二笑了笑,接过来放进口袋。"干事前十分钟吃,吃早了不行,吃晚了给不上劲。"男人朝老二连续眨巴眼。老二两眼放光,来到火车站,买了一张高价票,连夜坐上了奔向北京的火车。一路上,放在包里的宣传册令他难以入睡,那颗蓝色小药丸快被他摸黑了。老二浑身躁动,额头冒汗,只要一闭上眼睛,那粉红色的人民币和那个粉红色的靓妹就会紧紧地缠绕在一起,在眼前疯狂晃悠。

第二天一大早,老二回到北京直接奔向离家不远的一家工商注册中介公司。对方非常职业地回答说难度大,多给钱没问题。老二笑了,盘算着怎样给嫂子开口。"成人保健品"字眼毕竟有些……可是生活本身不就是这样吗?谁又能离得了呢?都是假正经!老二买了一大堆礼品推开了嫂子家的门。小翠正在写作业,他满脸笑意,压低声音说:"嫂子,找到稳赚钱的好事了。"

"啥好事?"

"嫂子,到门外说吧。"

"外面太冷,就在屋里说吧。"

"小翠写作业呢。"

女人披上棉衣随他出来。不宽的街道两边挂着几盏随风飘动的红灯笼,远处响了零星的爆竹声。"老天爷开眼了!"老二仰起头,对着灰不溜秋的天空大声说。

"老二,啥老天爷的,啥好事?"女人问。

"赚钱的好事!"

"咋赚钱?"

"开店!"

"开店?"

"开店!"

"开啥店?"

"成人保健品店!"

"啥店?"女人似懂非懂。

"成人……保健品店!"老二重复道。

"成人……保健品店?"

"对!"

"这是啥店?"

"生活……服务店。"

"生活……服务店?"

"为那事……服务的店。"

"啥事?"

老二点上一根烟,不再说话。女人忽然意识到了,面红耳赤,想转身进屋。老二挡住去路,说:"这店开成了,你们娘俩以后就不会为钱发愁了,小翠读初中能随便挑学校,将来还能去国外读大学!"女人低着头沉默不语。老二把半截烟扔在地上,旋转脚尖踩成粉末,叹口气说:"这年头,啥都在涨,钱都毛了!"

"老二,你是不是想借钱啊……"

"嫂子,要借钱我也不会向你借啊!我哥不在了,我有责任!我是这么想的,咱们开一家店,我负责进货出货,你负责看店,赚的钱都是咱们的,你说咋分就咋分,你来定。"

"咱们"这个字眼让女人很不舒服。

"嫂子,这年头谁会跟钱记仇?"

"这店国家允许开吗?"女人怯怯地问。

"咋不允许!"老二拧着脖子说,"我都问过了!你没在大街上看过这种店?"

女人恍惚觉得见过这种小店,门脸都不大,门外大都挂着不大的纸牌子。

"这可是正当生意!"

"我……想想吧……"女人声音弱弱地说。

"不用想,肯定赚钱!"

"老二,开这店……需要多少钱?"

"最多十万吧。"

"老二,你真有底?"

"你是我嫂子,再说那钱也是我哥的人命钱!我要是骗了你,我哥会从煤窑里爬出来掐死我的!"

"可开这种店,我还是不好意思……"

"挣钱还讲啥面子!要不我一个人干,你在家待着,就等着数钱吧!"老二使劲搓着手指头,做出数钱的样子。"我身体也不好,帮不上忙……"女人叹口气,想到自己的男人,"要是你哥在就好了,你们哥俩一起干,多好……"随后又摇摇头,男人活着也不会有这么多钱啊。"哥,你在那边踏踏实实睡吧,家里有我呢。我和嫂子开这个店,赚不到钱,我就不找媳妇!"老二再次仰起头,对着开始灰暗的天空大声说道。女人捂住脸哭起来。屋门开了一条缝，小翠探出脑袋，说："妈，跟谁说话呢？"女人止住哭，说："你叔回来了。"小翠亲热地叫了一声"叔"关上了屋门。女人转身走回去，手扶屋门对老二说："你回去睡吧，这事就这么定了……嫂子相信你……"女人关闭屋门的瞬间，老二兴奋得弯腰握拳，龇牙咧嘴，忽然感觉一阵尿急，晃着身子跑到路边的树丛，急不可耐地掏出裤裆里的家伙，对着一大片枯树枝猛烈扫射。

北京郊外的街头有不少空置店面，春节前租下来价钱最合适。老二迈着老板的步伐挑来拣去，最后看中两条马路交叉口附近的一个店面，街的斜对面就是老推、老拐夫妇的理发店。这个房子十五平方米，房租一年九千，货架很便宜，花费两三千就能添置齐全，房子不用装修，收拾干净就成。货品一摆，执照一拿，开业大吉。他租下房子，和办执照的中介公司签约付费，然后蹲在马路边给东莞那个黑瘦男人打电话订货。老二订了六万元的货品，两人说好先付三万，余款货到付清。老二从银行里出来，感觉今天的太阳比前几年的亮了好几倍。街上的年味渐渐浓了。一群小孩点燃爆竹，往大街上扔，就等着路过的行人发出尖叫，然后嘎嘎笑着跑远。路过一家文具商场，老二进去买了几个货架和一张桌子，叫了一辆板车装上就走。他一边走一边抽烟，双手插在裤兜里，想象自己未来灿烂的前程。

傍晚时分，老二收拾完大半，感觉春节前该理个头发，就跨过斜街，走进理发店。老推是山东人，握了几十年的推子，他的老婆，还瘸了一条腿，拄着一根拐杖，大家叫她老拐。两人结婚二十年，没有孩子。老二坐在老掉牙的理发椅上，低头看见搁脚钢板上嵌着一个大蝴蝶，他之前来过两三次了，还没留意过。"老上海蝴蝶牌的，六五年制造，比我大三岁，比你哥……"老推嘴角夹着烟，咽下后半句话，"老二，租房子干啥生意？"他往老二脖子上围块毛巾。"保健品……成人保健品……"老二嘿嘿一笑说。老推沉默片刻，扑哧笑起来，嘴角的烟掉在地上。"卖那玩意能赚钱！"老推大声赞叹。老二眯着眼得意地笑了笑。门外响了几声喇叭，是老朋友夏利来了，他是此地资历最老的黑车司机。老推朝外面喊道："有啥事？"夏利是个膀大腰圆、粗声粗气的男人，他进门先摸了一把老二的头，大声说："兄弟，你哥的事我听说了，你哥是好人！"

老二的喉咙有点涩。"谢谢夏利哥……"他低着头说。夏利接着说:"我把那老娘们休了!让她一个人滚蛋!晚上我请你喝酒!"他坐下来,啐一口痰,"老娘们还想要我这辆夏利车!这车跟了我快十年了,跟我儿子似的!这老娘们真他妈狠!"老二坐直身子,从镜子里看见夏利的秃脑门,头顶上的头皮褶子像阴冷的沟壑。他说:"老娘们再敢要,我就开车撞死她!"老拐走出里屋问道:"你闺女小菊知道这事吗?"夏利叹口气说:"知不知道都无所谓……"随后他站起身,大声吆喝他们去喝酒。天气寒冷,三个男人喝酒的速度很快。话题转到老二的成人保健品店,夏利啧啧称道,"城里人真他妈的会享受!"

"到底有些啥玩意?"老推问夏利。

"花样多得吓死你!"夏利说。

"夏利,你进去过吗?"老推说。

"把'吗'去掉!"夏利甩着手说,"什么自慰器、真人娃娃、皮鞭、手铐……全是玩意!"

"皮鞭?手铐?"老推吃惊不小。

老二在一旁笑着点头。

"老推,过几天我那批货到了,你过来看一眼就明白了。"

"好!好!"老推点头说道,一脸的期待。

几天后,一辆厢式货车把老二订的货品送到了店门口。老二对着理发店大喊:"老推!我的货到了!"老推跑出门,忘了穿棉大衣。他女人拄着拐走出门,喊道:"死推子!干啥去!"老推嘿嘿笑着不理。整整五大纸箱。纸箱上也没有文字,外面用透明胶带紧紧裹住。老二收货签字,付清余款,看着货车呼哧着白气走远。"这两天吓死我了,真要是遇到骗子,我他妈找谁去啊!"老二咧着嘴说。

"赶快进屋吧!"老推猴急地催促。

撕胶带,纸箱子一个个打开,一包包货品展露眼前。老推咂吧着嘴,蹲下身,东瞧瞧西看看。老二从一个箱子里取出一张对折的大纸,展开,上面是一行用圆珠笔写的烂字:北京老二,款到发货,品种配齐,希望长期合作!老二不由得对黑瘦男人心存敬意。南方人做生意,虽然精明,却是说到做到的;接着往下看,是长长的打印出来的货品清单,密密麻麻一大溜。老二对老推说:"咱俩看着清单验货吧。"

"好!"

"边清点边往架子上摆。"

"好!"老推两眼放光地说。

"阿拉丁神丹二十盒"(有)

"花心萝卜十个。"(有)

"黑夜武士十个。"(有)

"锁精震爽套五套。"(有)

"爱侣流氓兔三十个。"(有)

"香香公主二十个。"(有)

"QQ妹十个。"(有)

"海豚公主十个。"(有)

"酥臀小妹妹二十个。"(有)

"樱花穴二十个。"(有)

"提子拉拉三十个。"(有)

"超级变形龙十个。"(有)

"壮阳增大胶囊五十瓶。"(有)

"美国伟哥五十瓶。"(有)

"玩偶女孩二十个。"(有)

"草莓润滑液十瓶。"(有)

"虫草鹿茸丸五十瓶。"(有)

"硬到底五十瓶。"（有）

"鹿鞭丸五十瓶。"（有）

"马具型带锁眼罩头套三套。"（有）

"手铐十副。"（有）

"皮鞭十根。"（有）

……

清点完毕，一样不少。俩人哈哈大笑。此时，老推的裤裆已经被顶了起来。"这得花不少钱吧……"老推歪着嘴说，"我还以为这东西只是男人玩的……"老推取出一个包装盒，念上面的说明文字："甜蜜的……黑暗中……梦中情人……来到你身边……"老推额头上冒出一粒粒细汗。窗外传来老推女人的喊叫："死推子！来客了！来客了！"老二笑起来。老推探出头，大叫："我还没死呢！瞎喊什么！"然后又小声对老二说，"看见这东西，我觉得自个儿白活了二十几年！"

"没这么邪乎！"

老推摆摆手，摇晃着身体走出门。"老推，你的裤裆。"老二笑着说。老推扭扭裤腰，回头冲老二咧嘴一笑，说："我以为自个不行了……哈哈……我还没老，还是爷们！"

顺上加顺。营业执照批下来了。他把营业执照打开递给嫂子,说:"货品到了,执照下来了,齐活了,真不赖!"小翠凑过脑袋,女人立起执照挡住她的眼睛,说:"小翠,给你叔倒杯水。"小翠把水放在桌子上,一伸手敏捷地拿过执照,躲到一旁看起来。"叔,这是你开的店?"

"咱家的店。"老二说。

"妈,是咱家的店吗?"

女人点点头,望着小翠的眼神充满温柔和希望。

"保……健……品……"小翠念道。女人挣扎着坐起身,连连摆手,"老二……老二……"老二笑着从小翠手里夺过执照,说:"小翠,以后咱家就靠这店了,你可要好好学习,听老师的话,争取上一个好中学,将来考上大学,给你妈和你叔长脸。"

"同学说,小升初不考试,可要花钱,上好学校要花很多钱,听说外地生花的钱更多。"

"小翠,你上中学的钱叔来出,这话我给你妈说过,今儿个当你的面再说一遍。"

小翠扭着身子笑了笑。

"还不快谢你叔。"女人说。

"谢谢叔。"

老二一身轻松走进夜色,唱了一段豫剧,又哼了几句京腔,感觉北京郊外的一切是那么的亲切愉悦。这一刻,女人正搂着小翠躺在床上,手指轻轻抚摸着小翠的头发和耳朵,小翠也握着妈妈的手指。

"小翠,妈要问你一句话。"

"妈,问吧。"

"妈要是带你回老家读书,你会埋怨妈吗?"

小翠低下头沉默不语。

"要是哪一天,咱们娘俩在北京没钱了……"

"不可能!"

"为啥?"

"有我叔呢!"

"你叔能帮咱们一辈子啊。"

"我长大也能挣钱啊。"

"啥时候啊……"

"很快的。"

"不知道妈能不能等到那一天……"

"妈!"小翠扑在妈妈怀里,眼泪在眼眶里打转,极力控制着不让它们流出来。"我可以边上学边打工,我不想离开北京,一回去就出不来了……我还想上大学……我爸不是说过想让我读大学吗?"女人摸着小翠的脸蛋,自己也流了泪。

归置好了货品,老二迟迟不愿意锁门离开,真是看不够啊!夜色已深,美好的第二天早晨再过几小时就会到来,回去睡吧。他忽然感觉体内涌上一股热流,久违的热流。玩偶女孩,是玩偶女孩!就在货架上面!今晚,就让她陪我吧,长这么大还没体验过呢!回到屋里,靠在门后,老二大口喘着粗气,停了好一会儿才开灯。长而软的黑头发、大大的眼睛、长长的眼睫毛、粉红张开的小嘴、细腻的皮肤、饱满的乳房、温润的大腿、小巧的脚趾、翘起的屁股……老二一寸一寸抚摸着,胸口抵住了女孩的嘴和脸……他脱下裤子,闭上眼,大口喘气,嘴巴紧紧咬住女孩的嘴巴……

夏利一大早来到了老二的店门口,他嘿嘿笑着,一个劲地咂舌头。老二弯腰在硬纸板上写字。"巴掌大的纸牌子足够了,开门挂上,闭店收回,不怕风,不怕雨,坏了也不可惜。夏利哥,这生意就得往小里做,不能太显眼。"

老二自言自语。夏利竖起大拇指,不经意回头,看见一个小女孩站在门外,脸贴在玻璃上往屋里望呢。夏利说:"老二,这是谁家孩子呀?"是小翠,脸蛋和手都冻红了。老二推门出去,说:"小翠,天这么冷,你在这儿干吗?"

"叔,怕你忙不过来,过来瞧瞧。"

"叔没事,你回家吧。"

夏利推开门走出来,说:"老二,是你小侄女吧?"

"大伯好。"小翠礼貌地问候。

"读几年级了?"夏利说。

"四年级。"小翠说。

"我闺女夏小菊也读四年级。"

"夏小菊是我同学!"小翠大声说道。

"是吗?"老二也很吃惊,世界太小了。

"找我闺女玩去吧,她一个人烦着呢。"

"好哩。"小翠也很高兴。

"小翠,你回家吧,我还有点事儿。"

"叔,我想进去看看嘛……"

夏利转身进屋,关上门,伸出舌头扮鬼脸。老二好像在推小翠走,小翠仰起小脸,皱着眉头,一脸不高兴。

老二又掏出钱塞给小翠,大声说买吃的回去吧,以后不要来店里,太碍事。小翠接过钱,垂下头,悻悻地走了。老二又在门外站了一会,这才推门进来,说:"小孩对啥事都稀奇,没办法。"夏利嘟嘟嘴,吹了一声口哨,意味深长地说:"老二,这玩意可不能让小女孩看见。"

"是啊……"老二说。

"这店你一个人开的?"

"跟我嫂子一块儿开的。"

夏利吐吐舌头。

老二望着他说:"夏利哥,你想什么呢?"

"你嫂子一看就知道是老实人!"夏利点着头说。

"我哥死了,没办法。"

有人在敲门,俩人同时回头,看见老推站在门外。"夏利!有人包车!是大活!"夏利拉门跑出来,老推说:"客人刚理完发,说有急事要马上包车回北戴河,来回好几百公里呢!"

"大冬天的去北戴河干吗?"夏利大声说。

"别问这么多,挣钱要紧!"老拐瞥他一眼。

"我估计明天才能回来,小菊就在你家吃住了。"

"让小菊来吧,"老拐站在理发店门口大声说,看着夏利拉着客人开车走远,又自言自语,"可怜了小菊……"她扭头望着老二,又大声说:"老二,你哥不在了,你嫂子带个闺女不容易,有空让她到理发店坐坐吧,别老一个人闷着。"老二点点头,感觉到久违的温暖。

四只小手握在了一起,小翠和小菊蹦啊跳啊,欢声笑语在小小的理发店里荡漾。小翠和小菊正在玩理发游戏。小翠坐在椅子上,小菊左手撩起小翠的头发,右手代剪,一边笑一边嘴里说着"咔嚓","咔嚓"。

"小翠,你喜欢什么样的发型?"

"特短的那种……"小翠咯咯笑着说。小菊胡乱比划一番,"小翠,剪完了,该给我剪了。"说完坐在椅子上。小翠模仿着小菊的动作,说:"小菊,你选好学校了吗?"

"我爸说有了钱就上好学校。"

"我叔说他给我出钱上好学校。"

"你叔真厉害!小翠,真羡慕你!"

"我叔挺能耐的!旁边那个店就是他开的。"

"去看看?"

"好!"

两人跑到店门口,趴在玻璃上往里看。黑漆漆的什么也看不清。小菊跑回去拿来一支手电筒,顺着光柱一眼就看见货架上的玩偶女孩包装盒。

"哇噻!小翠,你叔太牛了!"

"看见什么了?"

"哇噻!太牛了!"

"到底看见什么了?"

"那个好像是芭比娃娃?"

"芭比娃娃?"

"芭比娃娃!芭比娃娃!我做梦都想有一个!"

"我看看!"

小翠果然看见了芭比娃娃,心脏咚咚跳个不停,嘴里大口呼出的哈气模糊了手电筒的光线。小女孩谁不喜欢芭比娃娃呢?小翠在报纸杂志上见过,班里的两三个女同学也有,小翠还亲手摸过。芭比娃娃当护士,芭比娃娃做白领,芭比娃娃在化妆,芭比娃娃在跳舞,还有穿旗袍的芭比娃娃、撑油纸伞的芭比娃娃……金黄的柔顺头发、翘翘的鼻子、大大的眼睛和长长的睫毛……好可爱……小翠真想有这样的玩伴,一个就行……可是爸爸走了……叔叔会送给自己一个芭比娃娃吗?

"你叔太牛了!"小菊大声赞叹。

小翠恍惚地点点头。

"太牛了!"

小翠这一次没有恍惚,感觉到了兴奋。

"小翠,咱们班同学知道了会嫉妒死的!你有这么多芭比娃娃玩!你太爽了!"

小翠拉着小菊的手说:"我……没做梦吧……"

"我一定让我爸给我买一个,让你叔给我爸优惠点。"

"没问题……"小翠说,脑子里一直想一个问题,禁不住小声嘀咕着,"我妈和我叔……为什么不告诉我呢……为什么……"

"怕影响你学习呗。"小菊说。

"真好……"小翠说。

两个小姑娘手拉着手,又说又笑地走了。

小翠回到家里的时候,脸上还是红扑扑的。她拉着妈妈的手说:"妈,我期末考试还行吧。"

"你可别骄傲。"

"妈,"小翠小声说,"过春节我想要一样东西……"

"啥?"

"芭比娃娃。"

"什么……娃娃?"

"芭—比—娃—娃。"小翠一字一句地说。

"芭比娃娃?"

"我们班好几个同学都有。"

"玩具?"

"是玩具。"

"你都这么大了。"

"是玩具可又不是玩具。"小翠辩解,脸憋红了。

"那是啥?"

"是小伙伴!是玩伴!"小翠瞪大眼睛说。

"玩伴?"女人皱起眉头。

"芭比娃娃既可爱又听话,我学习累了可以和她说说话。妈,芭比娃娃不会影响我学习的……我爸也说过要……"

"从哪儿买?"女人叹口气。

"我叔开的店里就有!真的!我和小菊亲眼看见的!

不信你问我叔!"

女人依旧迷惑地望着小翠,手脚不知道放在哪儿,浑身不自在,实在不知道老二的店里到底在卖什么了。

女人一夜未眠。天亮了,她来到小翠床前,发现小翠脸上还挂着笑意,仔细端详好一会儿,给女儿掖了掖被子,脸也没洗,锁上门,急急忙忙来到店门前。透过窗户什么也看不见。早晨的寒气正浓,她跺着脚来回走着,看见老拐正往门外倒洗脸水,急忙躲在一棵树后面。她害怕和老拐聊天,开这间成人保健品店让她有点不好意思,见到熟人老远就躲开了。老二打开店门,女人紧跑几步跟过来,吓了老二一跳。女人进屋,看见货架上的物品,把想说的话全忘了。"嫂子,啥事?这么早过来,"老二笑着说,"年货齐了吗?咱们这店今天正式营业。"

"这里面……都是啥啊……"

"货啊。"

"我咋觉得……"

"别想这么多。"

"老二,这买卖会被人瞧不起的……"

"有钱才是爷！谁敢看不起有钱人！"

"说出来丢人……"

"国家允许开，咱就开，不丢人！"

女人坐下来，眼睛盯着地面，身上一阵冷一阵热，不敢看货架。

"老二，小翠来过这里？"女人看着地面说。

"来过，没让她进来。"

"姑娘家不要来这里……"

老二沉默着擦完货柜擦桌子。

"小翠说店里有芭比……娃娃……"

"啥？"

"小翠想要芭比娃娃，说店里就有……咋回事？"

老二扔掉抹布，点上一支烟。

"咋回事？"女人焦急地皱起眉头。

"你回去告诉小翠，春节前我送她一个芭比娃娃。"

"店里有这娃娃？"

"小翠肯定把那个当成芭比娃娃了。"老二仰头看着那个装有日本浪妹的大盒子。

"哪个？"女人急忙问道，又倏地垂下眼帘。

151

"你走吧，嫂子。"

"你知道芭比娃娃？"

"知道，女孩都喜欢，大商场有卖的。"

女人这才放下心，刚走出门就和神情惊慌的老推碰上了。老推点点头，看女人走远，才对老二说："夏利可能出事了！"

"咋了？"

"手机一直打不通！他从来不关机！"老推猛抽几口烟。

"别瞎想！"

"中午不回来我就报警！"老推说完摔上门走了。老二呆呆地站在屋子里，听见寒风透过门缝发出烦人的调子，烟头烧到手指才醒悟过来。他看了一眼货架上包装盒的鲜艳图案，把纸盒背面调转过来，还是日本浪妹的图片，就找来一张报纸盖上了。上午来了三四个陌生客人，扫了一圈，东问西问一番，没买东西就走了。中午他出门吃饭，看见几个警察和老推、老拐打完招呼开着警车走了。他走过去，听见小菊在里屋小声哭。老拐一拐一拐地进屋，到门口差点绊倒，扶住墙才站稳了，"小菊，别哭了……"老拐也哽咽了。老推对老二说，夏利被人劫了，他那辆夏利车翻了好几个跟头,撞到树上,夏利死了。

寒冷的夜色里响起噼噼啪啪的爆竹声,远处的夜空不时闪烁几束转瞬即逝的烟花。还有两天就是大年三十了。每个家庭都等着这一天,每个家庭都希望这一天的团聚和欢乐能给来年带来吉祥如意。"这年,都过烦了……"老拐说,"真希望隔四五年才过一次春节……"

第二天打开店门,老二扭头看一眼理发店,门是关着的。挂在门外的布帘在寒风中起劲摇摆,像一个破衣烂衫的人想逃避寒冷冲进屋里,却总是被大门里的手一次次给推出来。老二把纸牌子挂在门口,大风猛扇纸牌子的耳光,把纸牌子扇得团团转。他找来透明胶带粘牢。老推看见老二的身影,急匆匆跑来,喘着粗气说:"警察把夏利的尸体运回来了,去看看!"老拐和小菊已经站在理发店门口了。小菊咬着嘴唇,站在一棵树旁,抠着干枯的树皮,碎木片还没落地就被刮上了天。老拐小声对老二说:"我本来不想让她去……后来想想还是让她看最后一眼吧。"老推小声对老拐说:"警察说夏利的脑袋一半撞没了,别让小菊看见。"

四人拦了辆黑车朝医院跑去。他们站在太平间门口,听见汽车轮胎快速拐弯发出的急促声响。小菊惊觉地抬头,拔腿跑上去,司机一个急刹车,车身晃动几下停稳,掀起一大片尘土。"爸爸……爸爸……"小菊大声哭起来,两个警察跳下车。老推脱下棉衣,转身走回车里,看见一块白布罩住了夏利的脸,又把棉衣盖上去。医生推来运尸车,两个警察和老推抬起夏利的尸体,放在担架上。"爸爸……爸爸……"小菊早已哭成了泪人。一个警察大声说:"别看了!别看了!"小菊挣脱老二的手,跑到担架边,伸出手抓住夏利的脚。医生用力推担架走,夏利的一只脏皮鞋被小菊拉掉了,小菊紧紧地抱在怀里。在空旷的院子里,小菊的哭声就像吸尘器,大把大把的尘土笼罩住了她的脑袋。老拐搂住小菊,老二紧跑几步追上老推,走进冰冷的停尸房。几大排不锈钢冰柜矗立在墙边,每个冰柜上都有十几个隔断,那是死尸走向灰烬的临时房间。老推冻得打哆嗦,老二脱下大衣披在老推身上。医生先把夏利的尸体抬到一个脏兮兮的木床上,一把扯掉盖在夏利脑袋上的棉衣和白布,接着脱夏利的衣服。"警察同志,火化前……必须脱……脱衣服?"老推上下牙冻得打架。"听医生的。"

警察说。屋里光线昏暗,老二看见了夏利的半个脑袋,黑乎乎的血块像油漆,又像铅块。没有恐惧,只有恶心。他想吐,转身走出来,蹲在树根下干呕了一阵。风让他清醒许多,抬眼望去,老拐和小菊已经走了。此情此景,老推、老拐对朋友的真情意让老二心生感动敬佩之情。老推、老二并肩往回走,走了几百米没说一句话,也没想起来抽烟。肮脏的路边躺着一只死鸟,一只饥饿的流浪猫没了平日的胆怯,奋力扑过来叼起死鸟跑远了。在路边小摊,老二买了三副对联,一副给嫂子,一副给老推家,一副贴在店门口。走到理发店门前,老二和老推听见小翠在和小菊说话:"小菊,我叔说了春节送我一个芭比娃娃,咱们俩一起玩。小菊,别哭了……我爸爸也走了……想想别的吧……"小翠的声音也是哽咽的。"小翠,这是我爸爸的鞋……"小菊呜咽着说,抹着眼泪。小翠很自然地想到爸爸的矿工帽。

年三十的爆竹声明显多了。空气里的火药味呛人的鼻孔。一个男孩点燃了"小火箭"抽身躲在树后,咧着嘴偷笑,"小火箭"拖着一小股烟在地上颤一下,随即猛地向前冲去,击中一个女人牵着的一条小狗。小狗惊叫,浑身颤抖,原地打转。女人看不见肇事者,破口大骂,用词恶毒之极。老二和老推商量好了,年三十这顿年夜饭两家人一块儿在外面吃。

现在是晚上六点,六个人围坐在小饭馆最大的那张桌子旁边,老二和老推中间隔着一个位子,那是留给夏利的,桌上给夏利摆了一副碗筷和一个酒杯。街上不知谁放的爆竹窜进屋里,"砰"的一声响,正要倒酒的老推吓得一哆嗦。老推给夏利的杯中倒满酒,说:"夏利,今天是年三十,给你倒杯酒……"然后放下酒杯,对小菊说,"小菊,给你爸说两句吧,高高兴兴的,别哭啊……"小菊端起饮料站起身,眼里噙着泪水,望着爸爸的那杯酒,说:"爸爸……过年了……你……你……"小菊抹抹嘴角的泪,哭着说,"爸爸,我想好了……我妈接我走我就跟她走,不接我……我就跟老推叔老拐婶过……好好上学……"老拐咬紧牙关,抑制着眼泪,脸颊上鼓起皱巴巴的包;小翠妈低着头,小翠的眼里含着泪水,她也想爸爸。小菊坐下后,老拐把她搂在怀里。小翠说:"老推叔,我也想敬我爸一杯酒。"老推怔了一下,忽然想起没给小翠爸拿副碗筷。

老二站起来，把杯中酒一饮而尽，又倒上一杯，说："哥，你走了也有一段时候了……刚才那杯是我敬的，你在那边好好过，小菊和嫂子你就放心吧。小翠要给你说两句……"说完眼圈就红了。小翠妈开始流眼泪，小翠说话的时候她迅速抬起泪眼望着女儿，眼神里有伤感，也有坚定的情绪。小翠站起来，说："爸爸，我是小翠……"说到这儿，一只手赶忙捂住了嘴，女人拉拉小翠的衣服，小翠抽动几下鼻子，情绪稳定下来，继续说："我考试挺好的，老师表扬我了……我会照顾我妈，我叔的店开起来了，你放心吧……"小翠坐下来后，小菊拿起餐巾纸擦小翠脸上的泪。"小翠妈，"老拐说，"一起过年三十是上辈子结下的缘分。"女人点点头。"老拐婶，待会儿去我们家看春晚吧。"小翠说。小菊也点点头。老拐咂吧着嘴唇，看着老推和老二，说："听俩孩子的，我们吃晚饭就走，你们哥俩好好喝吧，不能喝多啊！"小翠妈的脸上开始浮现出轻松的神情，有多久没这样高兴过了？她偷偷掐了掐指头，有两个多月了吧。

老推和老二已有点儿醉醺醺了。俩人划拳，老推的舌头打了卷，把"五魁"说成了"五回"，老二的脑袋除了头发全是红的。老二连输三拳,老推倒满三杯酒,说:"我陪你……喝一杯……"两人刚把酒倒进嗓子眼,小菊惊慌失措地跑进来大叫:"老推叔,老推叔,不好了,老拐婶跟人打起来了!"老拐瘫坐在一大堆爆竹碎纸屑里,头发蓬乱,腿边的拐早断成了两截。两个胖女人和有一个七八岁的男孩在一旁哈哈大笑。"走路不看路,烟花不长眼,活该!土老帽!"胖女人手一挥,"儿子,接着放!甭理他们!放!"男孩又跑去点另一个烟花。"你们真缺德!哪有在马路边放这么大烟花的!把孩子吓成啥样了,连一句道歉都没有!啥人啊!"老拐边说边扶着半截拐站起来。小翠刚才被突然在脚边炸响的烟花吓坏了,靠在妈妈怀里打哆嗦。"臭娘们!腻腻歪歪说什么呢!在这儿放,就是想吓死你们这帮乡巴佬!"听见胖女人的狠话,老拐使出全身的力气,颠着一只脚扑上去,手里的半截拐重重砸在女人头上。两人扭打在一起。小菊跑去叫人,另一个女人赶忙打电话。老推和老二赶到的时候,一辆车也同时在路边停下来,从车上跳下来三个怒气冲冲的男人。几个男人像约定好似的一照面就开始对打。老推和老二喝多了酒,挥拳很猛却落了空,对方有备而来,两个人打老二,一个按住了老推的脖子。"往死里打！"一个男人大喊，老二挥拳迎击，正中他的门牙，"我的牙掉了！"男人捂着嘴抓起路边的板砖，照准老二的脑门砸去。那边老推的左眼已被打肿，裤裆里的家伙被踢得生疼，耳朵里只有轰鸣，他的右眼看见一团火光，是烤羊肉串的炭火发出的火光。他奋力爬起来冲过去，一把抓起几十根冒着烟的铁签子，朝背后的男人捅去，连捅了二十几下，一直捅到男人倒地他才住手。"死人啦！打死人了！"不知谁在大喊大叫，"快报警啊！"所有的人都愣在那儿了。地上躺着两个人，其中一人是老二，他已经昏迷不醒了。女人和小翠跑上去，摇晃着老二的身体，不停地喊着："老二！……叔！……老二！……叔！……"老拐搂着小菊坐在地上，大喊："老推，快跑啊！快跑啊！"她蓬头垢面，目光呆滞，像个傻子。

老二躺在重症病房里，身上插满各种管子，活像个怪兽。女人搂着小翠惊恐地站在医院走廊里，小翠哽咽着说："妈……都怪我……"女人摸摸小翠被烟火熏黑的脑门，摇摇头说："这事谁也不怪……"第二天是大年初一,有了两个结果:老二昏迷了一夜,天亮醒了,头上缠满绷带,眼神显得呆滞;警察没抓住老推,把老拐关了一夜放出来了。老拐神情恍惚地往医院走去,对她来说,再大再响的爆竹和烟花声似乎都不再有声音。大街上尽是欢快拥挤的人群和沸沸扬扬的烟尘,她在人群里挤来挤去,胳肢窝下那根被绳子拴着的拐在吱扭吱扭地响,这声音只有她才听得见。她边哭边对自己说:"老拐……认命吧……老天爷,保佑老推别被抓住……"

两个女人一见面手就紧紧地抓在一起,她们来到走廊,在脏兮兮的椅子上坐下。女人对老拐说:"大姐,老推是因为小翠才跑的,我赔你五万块钱行吗?"老拐摆了摆手,说:"大妹子,你别往心里去,老推是爷们,这回我算看清了,我男人是爷们……跑吧……以后的事以后再说吧……"老拐忽然呵呵笑了几声。

"我有这钱,我还有一个店。"

"大妹子,你到底是咋想的?"

"老二是小翠的亲叔,医生说他是重度脑震荡,这辈子八成是个傻子……我得伺候他……我男人死了,窑上赔了二十万块钱,我把十万块钱给了老二开店。我想把店里的东西卖出去,然后带着老二和小翠回河南老家,北京不是咱待的地……"

"我帮你卖!"

"大姐,老二开的是成人保健品店。"

"我早就知道!"老拐的大嗓门在寂静的走廊里回荡,"国家允许开,别人能卖咱也能卖!"

老拐带着小翠、小菊回去休息了,女人一个人在病房守护。都在过春节,只能过完初七才能把老二转到大医院检查。想到这儿,女人叹口气。她端来一盆热水,慢慢揉搓毛巾,拧干,擦洗老二的脸和脚。盆里的水变脏了,她又端来一盆,犹豫了好一会儿,还是掀开了被子。老二仿佛累了一天,睡得死死的,脸上的表情是那么平静。擦完后背擦前胸,擦完前胸擦大腿根……她背过脸,心咚咚跳,把毛巾盖上去,继续擦洗。嫂子擦小叔子的身体,这就是命啊!女人落了泪,想起自己的男人,她知道男人会理解自己的。

几天没开门,店里面已经蒙上一层厚土。两个女人开始收拾屋子,她们把货品抬下来,把擦拭干净的先放在椅子和柜台上面。"能收回本钱就行,不指望赚钱,真想明天就走……"女人有气无力地说。"我觉得能赚钱!"老拐反复看着货品说明,掏出十几件仔细端详,"大妹子,全是国外的,外国男人和女人咋这么会享受呢?"突然响起了敲门声。老拐拉开门,一个驼背老头走进屋,说:"我想买……"看见两个女人,老头很惊诧。"买啥?"老拐说。老头想转身走,老拐跨出一大步拽住他,说:"买啥?"老头指指货架上的蓝色包装盒,说:"那东西……"老拐取下来一盒,是"伟哥",上面有价签:每瓶四百九十八元。老头笑了,脸上的皱纹挤在一起,拿出一摞钱,说:"买一瓶。"老拐收了钱,看着老头走后,哈哈大笑说:"大妹子,瞧见没有,我一来就开张!肯定赚钱!"小翠妈瞪大了眼睛。"老头也来买!"老拐说完这话听见门外响起小翠和小菊的笑声,接看见两人的脑袋和笑眯眯的眼睛。"老拐,不能让孩子进来!太小了!太小了!"女人慌了神。可是已经晚了。小翠和小菊已经推门而入,"芭比娃娃……芭比娃娃……"她们争抢摆放在门口椅子上的玩偶女孩,尖叫着跑出门,"芭比娃娃!芭比娃娃!芭比娃娃!"小翠妈和老拐傻愣了片刻,紧追出门。两人交替喊叫:"小翠!

把东西给我！小菊！别跑！小翠！把东西给我！小菊！小翠！小菊！小翠！"小翠妈跑在前面，老拐倒腾着步伐吃力地跟在后面，姿势滑稽难看，引得路人大笑。

小翠和小菊在一个胡同口消失了，她俩的笑声只在胡同里停留了几秒钟就被大风吹远了……女人披头散发，喘着粗气，东张西望，实实在在就是一个急丢了魂的寡妇模样。"咋办？咋办？咋办？"女人急出了泪。老拐累倒在墙角，捂住胸口，喘着粗气说："大……妹子……千万……不能紧张……不能太认真……越认真……小孩越好奇……讲出来……比不讲出来好……我来讲……小翠小菊也大了……她们迟早会懂的……都是好孩子……没事儿……我来讲……"

"行吗？"女人瘫坐在寒风里大声哭起来。

"行……肯定行……"老拐张开大嘴呼吸着寒风。

"小菊，这个芭比娃娃好大！"

"太大了！"

"小菊，这是什么？"

"快看看。"

"玩偶……女孩……"

"'黑暗里的情人'。"

"'黑暗里的情人'。"

"快打开看看!"

"真是个大娃娃!"

"皮肤好软!"

"是芭比娃娃吗?"

"就是。"

"瞧这头发,又黑又软!"

"眼睛还会动……没戴胸罩!"

"她怎么不穿衣服?"

"衣服在里面吧,好让我们替她穿上。"

"找找衣服。"

"应该还有梳子。"

"还有化妆盒。"

"还有衣柜。"

"衣柜上还有小镜子。"

"下面没有衣服啊……"

"奇怪……"

"快看！有说明书！"

"会发声的小妹妹……五号电池六节……需配润滑油……啊！她怎么也没穿内裤啊！这到底是什么？"

"屁股也露出来了！"

"真恶心！"

"你叔店里怎么会有这东西？"

"不知道……"

"送回去吧……"

"我不敢……"

"值很多钱吧？"

"有可能！"

"我不敢送回去。"

"我也不敢……"

"扔了吧……"

"好！"

"前面有个垃圾箱！"

"现在不行，等天黑了再扔进去！"

"她们要是问……咱俩怎么说？"

"就说……就说半路上被人抢了！"

"好！不过这到底是什么东西？"

"到网上搜一搜。"

"搜搜。"

"我看像标本。"

"标本？"

"人体标本。"

"标本有这么漂亮？"

"我看不是小孩玩的……"

"我也觉得……"

"到网上搜一搜就明白了。"

"小翠，你看这个小卡片，男人的……深夜情侣……真恶心！"

"那润滑油是干吗的？"

"网上应该有介绍。"

"标本放久了会干燥，润滑油就是防干燥的吧……"

"可能吧……"

"这娃娃真漂亮！"

"比芭比娃娃的脸蛋还漂亮！"

"找个网吧搜一下，看看到底是啥玩具。"

"走!"

天色黑下来,小翠和小菊跑着去找网吧。可是转了两条街,街边的网吧都锁上了门。两个女孩失望地往回走。她们看见一个垃圾桶,想把大盒子放进去。小翠有点心疼,觉得大盒子里面装的是钱。小菊看出了她的犹豫,说那就带回家藏起来吧。藏哪儿呢?她们一边走,一边想,绞尽了脑汁,翻遍了家里的隐秘之地,最后两个人失望地摇摇头。她们一人一只手提着大盒子,小小的身影在北京郊外昏黄的小街上越拖越长;那个大盒子夹在她们中间,伴随着远处的鞭炮声,有节奏地一晃一晃……

赫本啊赫本

我在读父亲的来信,已经读了五遍。父亲随信寄来的护照、签证所需资料和一张银行存折散落在地。父亲的信带给我茫然无措和强烈的失败感。

"我在报纸上读到瑞士自杀旅行的新闻报道,犹豫了好几天还是决定给你写信。瑞士这个国家允许绝症患者选择安乐死,非常好,非常人性,我也想用这种方法解决自己。"父亲这样写道,"这几年,你为治疗我的病花费了不少钱,挣钱不易,不要再破费了,我得的是前列腺癌,癌细胞已经转移到肺部。其实自杀很简单,一点都不可怕。在中国,不是每天都有人自杀吗?我想全世界每天自杀的人也不会少。其实对我而言,摸摸家里的电门,或者干脆从楼上跳下去,就能了断此生,可我不想死的太难看。我已经请人办好了签证所需的护照和单位介绍证明,存折里的十万块钱是去瑞士的费用,不知道够不够?老家办理不了去瑞士的签证,麻烦你在北京帮我问问。我希望你能理解我的决定,我先谢谢你了。"

"我先谢谢你了。"这几个字再次让我的眼泪落了下来。我居然有一位不畏死、且客客气气的父亲!我承认,这些年我和父亲之间彼此不多的交流完全依靠电话解决。这是父亲写给我的第一封信,我也从未给他写过信。大学毕业工作三年了,我也只回老家过了一次春节;但我实在想象不出父亲竟然有如此怪诞的念头!可是随后我又有些恍惚,父亲的想法真的很怪诞吗?我浑身无力,扶着沙发站起来,在地板上坐久了,双腿都在发颤。我打开电脑,上网搜索关键词"瑞士自杀旅行",众多信息随即扑面而来。瑞士联邦委员会对选择自杀者有明确的法律规定:自杀者必须确保出于个人意愿选择死亡,协助自杀者不得出于谋利动机;自杀者必须为患绝症者,患慢性病或精神疾病者不包括在内;如果协助自杀者未能完全按照规定行事,将遭刑事指控。父亲是位自觉的自杀者,他只需要一名协助自杀者。父亲和母亲早已离婚，从法律上讲，我是决定父亲能否在瑞士顺利自杀的唯一人选。好在父亲的护照和签证资料在我手里。据我所知，目前办理去欧洲的个人旅行签证很有难度，因为眼下整个欧洲还在蔓延着几十年不遇的经济危机：法国工人劳资大罢工、英国工人堵住监狱出口闹事，西班牙航空公司降低养老金引发欧洲航班运转集体失常，等等等等都在指明一个现实：欧洲的失业者还在增加，欧元正面对有史以来最严重的财政考验；而且欧盟上周再次发出明确信息，将严格审批外国人的移民、工作和旅行签证申请，减少外来务工人员，以降低欧洲各国的失业率。

可是这份侥幸心理五秒钟之后就烟消云散了——即使签证办不下来，父亲可能还会选择自杀。我陷入矛盾和痛苦之中。我想任何一个做儿女的都会有我这样的两难感受。哭泣似乎已帮不上任何忙。父亲的护照是崭新的，照片上的他面容苍老，头发稀疏，眼神平静，嘴角带着意味深长的笑意。在我的记忆里，这是父亲的第一本护照，父亲年轻的时候只出过一次国，去过一个国家，这个国家就是越南，他参加过中越自卫反击战。橘红色的夕阳缀在天边，一点不刺眼。我静静地看着它，仿佛看着一个幽深的橘红色单筒望远镜，镜片深处快速跳跃着往日的一幕幕画面，我突然预感到父亲会突然之间消失不见。或许劝慰是阻止父亲自杀的最好方法，可是该如何劝慰？今夜注定失眠。本能驱使我拿起笔，给父亲写这封回信。长这么大，我这是第一次给父亲写信。看着眼前的笔和纸，我的手指冰凉，整个身心处在极度亢奋的状态之中，不想再压抑沉郁心中多年的复杂感受。我抓起笔，实在无法控制激荡的情绪。

爸爸：

如果这个决定无法改变，我只能说这也是我的决定——我们的决定，我会和你一起去瑞士，一起去享受安乐死。这些年，我们之间从没有写过信，好像没什么可说的。可是今晚，我想写。你可能会说，让过去的都过去吧，可是过去真的会彻底消失吗？爸爸，在你眼里，我还是那个活泼可爱的女孩吗？看见活泼可爱的女孩我总会想到自己，过去的我就是这样！你的女儿过去就是这样！她喜欢坐在土坡上出溜下去，在飞扬的尘土里欢笑；喜欢骑猪追鹅，遇到苹果树枝又会抓住悬荡，然后坐在上面吃苹果。

有一天,她站在苹果树上,看见一群戴帽子的男人出现在地平线,就一口气跑过去,石头子划伤脚丫和小腿也不觉得疼。铺设铁轨的叔叔告诉她,再过几个月,小镇就通火车了。她兴奋地跑回家告诉妈妈:"爸爸可以坐火车回家啦!"妈妈急忙跑出去看,还摔了一跤。可是火车修通后你没有回来。那年我五岁半,我沿着火车轨道走,火车来了就站在路基旁,仰头看车厢里的旅客,还看见过一个小男孩对着窗户朝外撒尿,那串亮晶晶的水珠是弯曲着飞走的。我去火车站,数走出来的旅客,没在人群里发现你的影子。妈妈每次都这样说,爸爸在打仗,打完仗就回来了,爸爸是解放军,是保家卫国的英雄。家里的衣柜里挂着你的绿军装,出太阳的时候妈妈就取出来晒一晒。那颗五角星帽徽,是你第一次探亲回家送给我的,我把它藏在床头柜上面的玻璃糖罐里,晚上醒来还会摸一摸。妈妈不想多说你打仗的事情,可我很想知道,妈妈就这样回答我:"小树,打仗是大人之间的游戏。"我会死盯着妈妈的眼睛,问:"爸爸会被打死吗?"妈妈捂住我的小嘴,望着窗外,像在自言自语:"爸爸不会死的……"早晨起床后,我会站在家门口的大土坡上面,等着今天第一列火车冒着若隐若现的白烟移动过来。那天我和妈妈得到你回来的消息,整夜都没睡着。第二天一大早,妈妈带着我去火车站接你。一群人敲锣打鼓,满脸笑意。一个大横幅悬挂在火车站出口,上面的红字被小雨淋湿了。"欢迎英雄光荣回家。"妈妈念给我听。爸爸是英雄,我也说出了声。居委会大妈悄悄告诉妈妈,小镇上有十五个战士去了前线,回来九个人,其中三个重伤,四个轻伤,两个毫发无损。爸爸,你就是三个重伤者之一,你断了右小腿,拄着拐杖出来了。妈妈看见了你,掐着我的小手连连说着"老天爷保佑,活着就好。"我感觉到了疼痛,可我没出声。你在战友的搀扶下走出火车站,一群小学生捧着纸做的大红花围上去,一个劲说"热烈欢迎!"、"热烈欢迎!"你胸口抱满红花出现了。妈妈抱着我挤上去,我有些羞怯,趴在妈妈的脖颈处,紧紧搂住她的脖子。我感觉到你的手在摸我的头发。我扭过头看着你,忘了叫你,却看见你的嘴唇在抖动,眼睛是湿润的。你和妈妈相互看着对方,没有上前拥抱。妈妈低着头,声音颤动着说:"回家吧。"这时我才发现你的绿军装上没有了领章和帽徽。一路上,我都在好奇你的右腿和拐杖。你的右脚没了,右小腿也没了,和另一条腿脚比较,显得空空荡荡非常怪异。你拄着拐杖低着头走路，拐杖往前移动一下，左脚才能往前跨一步。妈妈放下我，想接过你身上的背包，被你推开了手。爸爸，你离开家的时候走路可不是这样的。那时候，我骑在你脖子上，抓你的头发和耳朵，挠你的痒痒，你一会儿抛起我，一会儿旋转我，我脑袋晕乎乎的，可是特别高兴。那天回到家，你放下背包，把家里的书柜看了一遍又一遍。你特别爱看文学和军事书籍，妈妈从不让我碰你的书，还说你的文笔特别好，要不是高考前发高烧，你肯定是"文革"后的第一批大学生。你从口袋里掏出一包水果糖放在我手里，我剥了一颗糖给妈妈，妈妈说给爸爸吃，我就拿着糖走过去，你搂着我，看着我，理理我的发梢，可是许久没说出一句话。你坐在院子里抽烟，一阵风吹动右腿那条露在外面的软塌塌的绿色裤管。空气雾蒙蒙的，你吐出的烟上升、下坠，缓缓飘荡。我靠着门框，盯着你的后背，不敢上前靠近你。爸爸，在我的记忆里，你爱用胡子扎我的小脸。可是妈妈老是提醒我，爸爸累了，在家里不要老缠着爸爸玩。我很纳闷，你在家里为什么不爱说话？经常一个人闷在屋子里发呆？书架上的书籍你也很少翻动了。那时候的你开始变了。但我好奇你从外面带回来的一切东西。我玩过一次你的拐杖。我双手握紧拐杖下端，弯起右小腿，一步一步学你走路的样子，可我只走了十几米就受不了，跌倒了。那滋味真难受啊！放在柜子上面的深绿色背包经常让我仰起头琢磨：里面到底装着什么呢？你回家后还从没打开过背包呢。妈妈说爸爸的东西不要碰，可是我还是想趁你出去的时候偷偷取下来打开看。我搬来小桌子，在桌子上放一把小椅子，颤巍巍站上去，踮起脚尖，伸出一只手臂，够着了，可是背包太重，只能一点一点往外拉。背包拉出来了，背包的重心在侧移，我控制不稳，背包一下子掉落下来，顺势也把我从椅子上带落。我抓着背包带坐在地上，胳膊肘破了一大块皮，想哭，隐约听见妈妈下班回家的声音，慌忙摆好桌椅，钻到床底下，用力把背包拖了进去。床底下光线暗淡，我腰背弯曲，呼吸不畅，听见一只老鼠的叫声，吓得哭喊起来。妈妈发现了我，也看见了背包，她没有吵我，坐在地上开始解背包带。背包带捆得太紧，妈妈的手指头累得发抖，她索性低下头，头发盖住了脑袋，几乎是趴在背包上面用牙齿猛拽背包带，她也被背包里的神秘东西深深吸引。我看见妈妈的口水都流在背包上面了。背包带解开了，妈妈喘口气，笑了,像打了一个胜仗。我帮妈妈打开背包,左一层右一层,原来是一床叠起来的被子,再打开,我看见一本红颜色的书,接着是一本蓝颜色的书。妈妈用力抖开行被子,十几本花花绿绿的外国杂志一下子散落在地,这些杂志上面都沾着变干的泥土和凝固的血迹,封面上是外国女人的照片:有的穿裙子,有的露大腿,有的是一个戴帽子的笑脸。我听见妈妈在叹气。"妈妈,外国阿姨好漂亮啊!"我大声叫道,瞪大眼睛,小手轻轻抚摸着女人的脸颊、眼睛、眼睫毛、鼻子、嘴巴、裙子、帽子,"好像是一个阿姨……真好看……真好看……"妈妈歪坐在地,神情颓然,把脚边的一本杂志踢出老远。我捡回来,拍拍上面的土,说:"妈妈,这几个阿姨很像一个人……你快看……很像……真好看……真好看……我也想要这样的帽子……妈妈,你想要这样的帽子吗?"妈妈瞪着我,大声说:"好看个头!"她把杂志胡乱塞进行被子,重新包裹扎紧,扔到了柜子上面。我知道妈妈生气了。我迷惑不解,同时感到害怕。爸爸,在那一刻,我已经牢牢记住了这个不知名的外国阿姨,她美丽清纯的容颜从此深深地刻印在我的脑海里。我当时很好奇,你为什么会带这些外国杂志回家?而且这些杂志封面上都刊登着同一个外国阿姨的照片。直到读高中一年级时我才知道,这位外国阿姨的名字叫奥黛丽·赫本。我在长大,可回家后的你变成了另一个人,你变得冷漠、固执,甚至疯狂!你把书架上的书抽出来扔到院子和厕所里,我和妈妈再捡回来摆放好。你把家里的铁锹、菜刀、木棍放在床头,经常在深夜里喊"拼了!杀啊!",家里那面靠着床铺的墙壁上是一道道深深的刀痕。妈妈听见你的声音,会扑上去按住你的手臂,好几次被你推搡在地,额头磕出血。这种状况持续了多少年?整整三年!你单独住在一个房间,妈妈和我睡在外面的房间。我能感觉出来,你和妈妈的关系日渐冷漠,像两个路人。那时候的我只会哭。"出去哭!出去哭!"你在屋里咆哮。你和妈妈打架,我没力气劝架,也不知道帮谁,胆战心惊地缩在墙角。我记得她披头散发,跳着脚哭喊:"有种你再去打越南人啊!打女人算什么男人!"家里发生的一切改变了我的性格,我不再是个单纯好动的女孩,我对路边的猪和鹅失去了兴趣,看见苹果树也没有爬上去的心情,那个大土坡还在,我只会坐上去,踢踢土坷垃,望着远方的地平线发呆,对一列列火车的鸣笛充耳不闻。我曾透过门缝看见你坐在屋里翻看杂志,有时喃喃自语,有时低声抽泣。我希望你能跟我说说话,可是我不敢进去;妈妈经常自言自语,你爸爸变心了,你爸爸变心了……你心里只有那个外国女人,不再需要这个家了。她还狠狠地发誓,一定要把这些杂志撕碎,烧成灰烬。我希望家里不再有吵架和冷漠,我也害怕失去你,就悄悄对你说:"爸爸,妈妈要把杂志烧了,你把杂志藏起来吧。"你把杂志藏了起来。从那以后,我再也没有看见过它们的踪影。即使这样,赫本的眼神和微笑总会在我的眼前闪现,我想,她的眼神和微笑也会在你的眼前闪现吧。可你依旧缄默不语。你已经装上了假肢,开始在一家纸箱厂上班,活动范围大了,经常一个人独自出门,很晚才回家。我们一家三人坐在饭桌旁沉默着吃饭,吃完饭你就拄着拐杖出去,很晚才回家。有一年夏天,我碰到你的战友石峰叔叔,他和你在同一个部队。石峰叔叔人高马大,走路有点踮脚。我希望石峰叔叔能给我讲讲你在前线的故事,顺便告诉我那些杂志的由来。他叹口气,说:"小树,我和你爸只喝酒,不谈过去……"他的嗓子里似乎发出一声假笑,因为这笑是僵硬的。他继续重复说:"我们不谈过去……"我急忙说:"我想知道爸爸的故事,老师让写作文。"我在撒谎。"你爸爸很勇敢，我也很勇敢，我们都很勇敢……"石峰叔叔的眼神望着远处的一片虚空，然后站起身，低着头慢慢走了。几天后，我在屋里做作业，妈妈推开门坐在我旁边，说："石峰叔叔给我讲了……爸爸过去的事你别多问，好好读书。"有一天妈妈不在家的时候，我实在忍不住了，就问你："爸爸，你转业那年带回家的杂志呢？"你显然很吃惊，似乎忘记了这回事。"藏哪儿了？"我接着说。你起身走出屋，神情有点恍惚。"爸爸，你知道那个外国女人是谁吗？"我追出去问。你停下脚步，背对着我，缓缓地摇摇头。"她叫奥黛丽·赫本。"我说，感觉愉快极了。你侧过脸颊，似乎想回头看我一眼。你没有看我，继续往前走。"叫她赫本也行。"我再次说道，声音很大，你一定听见了。你一步一步消失在屋外的树林里。我突然后悔不已，或许在你的脑海里，对这些杂志的记忆已经淡漠，你的痛苦也正在日渐减弱——是我亲手挖掘出了埋藏在你心底的那份残酷记忆。

　　奥黛丽·赫本。赫本啊赫本。我在同学家第一次看《罗马假日》录像才知道这个名字。安妮公主身穿白衬衫和大摆裙的身影，朴素优雅，难以忘怀！我开始四处搜集赫本的资料,你藏起来的那些杂志我是多么渴望看见啊!你知道了赫本的名字也很高兴,我亲眼看见你在马路上一边走一边念叨着:"奥黛丽……赫本……赫本……奥黛丽……赫本……赫本……"终于有一天,你抱着一摞杂志走到院子里,一本一本摊开,封面已经被霉菌和湿气浸染起泡了。你蹲在那儿,拿着干净毛巾,一点一点吸吮湿气,小心翼翼擦拭着的照片。我感觉到你的身体在颤抖,就蹲下来和你一起擦拭,我们两个人的胳膊不经意间触碰一下,我已经不习惯这种触碰,但又忘不了过去你拥抱我的动作和愉快神情,眼睛竟在瞬间湿润了。我喘口气,把眼泪挤回去,仔细端详杂志封面上的赫本照片。我突然想把这些杂志的名字念出来给你听,我念了:"《LIFE》,《ThisWeek》,《MATCH》,《BAZAAR》,《VOGUE》,《EPOCA》,《JOURNAL》,《People》,《LEUROPPEO》。"九种杂志,共十二本。眼睛的余光告诉我,你在一旁安静地听,还吃惊地看我几眼。1953年7月的《LIFE》杂志是其中最早的一期。赫本坐在地毯上,穿着白衬衣,小内裤,两条长腿露在外面,背部靠着一把软椅,左手放在左腿膝盖上,右手拿着一个黑色电话筒,赫本看着镜头,睁大眼睛,模样俏皮单纯,好像很诧异摄影师的偷拍和偷听。1976年12月的《People》杂志是其中最晚的一期。短头发的赫本,长睫毛的赫本,赫本长长的脖颈上戴着一串亮晶晶的蓝宝石项链,眼睛里闪烁出成熟、愉快的光芒。"爸爸,我能先看看吗?"我低着头,假装不经意地说。你沉默不语。"我不会弄丢的……"我说。"哦……"你勉强点了点头。我看见你想起身,却没站稳,膝盖处发出"咔嚓"的声响,身体又顺势靠坐在椅子上,你说:"去里屋把柜子里的工具箱拿来。"我已经好久没去你的卧室了。我打开柜子,看见一个铁皮剥落的工具箱,工具箱后面藏着一大堆假肢碎块。这么多假肢拥挤在一起,冷冰冰的,让我的胳膊上起了一层鸡皮疙瘩。我抱着工具箱走出去,你已经卷起裤子,脱下假肢,膝关节处一片红肿,起了几个大血泡。我不敢多看一眼,心里有隐隐的痛。你从工具箱里翻出螺帽和钉子,手拿锤子,开始更换假肢上的坏零件。"再买一副新的吧。"我说。你说:"好的太贵,要五百多。我们这些人买假肢报销有限额,不能超过两百元……凑合用吧……"当时我就想,等我将来赚了钱,首先给你买一副最好的假肢。我抱着杂志往屋里走,你隔着一段距离对我说:"看完后……

给我讲讲她,行吗?"你的声音是低沉缓和的。我背对着你,说:"爸爸,这些杂志你是怎样得到的?"你沉默不语。我非常后悔问出这样的话——这些杂志既然来自战场,里面一定隐藏着父亲不愿回忆的往事。我使劲掐自己的胳膊,快步走进屋。

我开始读奥黛丽·赫本。我读她,是为了我,更是为了你。我当时读高一,英文阅读水平有限,好在厚厚的《英汉词典》是我的好帮手。我用了整整一个暑假读懂了这些采访记述赫本的文字,并做了详细的笔记;与赫本有关的189幅黑白、彩色照片拍摄时间跨越四十七年,记录了赫本人生中最重要的成长阶段,我按时间顺序仔细编上了号码。那些服装和鞋帽,那些她在电影里穿过的服装和鞋帽,散发着说不出来的美。我白天抚摸画面,梦里再见她的身影,过去没有梦想的我突然有了梦想,我决定两年后报考服装设计专业,将来做一名优秀的服装设计师。我最大的遗憾就是在那个年代,我在中国看不到详细介绍赫本的电影杂志和她主演的电影作品。我把想法告诉给班主任,她哈哈大笑,说我脑袋进水了,报考服装设计专业必须会画画,"你会画画吗?"她笑得喘不过气,"还有两年你就高考了,我知道你从来不画画的。"我的回答很干脆:"我现在不会画画,并不意味着两年后我画不好。"我拿出杂志里的照片给妈妈看,说这些服装太漂亮了,我将来想做一名服装设计师。她似乎对什么都没有了热情。她看着我,只说了一句话:"你爸是个混蛋!"第二天下午放学回家,我突然发现放在抽屉里的杂志和笔记本不见了。我跑去告诉你,你一下子跳起来,想往外冲,身体顿时前倾跌倒在地——你忘了给右腿装上假肢。你急出了汗,喘着粗气说:"再找找!再找找!"我翻遍了所有的抽屉和柜子,还是一无所有。你颓然坐在地上,抽出一根烟,划断了几根火柴才点燃。"肯定是你妈干的……"你摇着头,不停地叹气。妈妈回到家,情绪显得很放松。我问杂志的去向,她长舒一口气,轻描淡写地说:"烧了。"我听见你的拳头重重捶击着椅子。"我把那个外国骚娘们烧了!"她大声喊道,好像发泄了天大的气。"你被这个外国娘们迷了这么多年,该到头了吧?"她眯着眼,眼里溢满嘲弄和不屑,从包里抓出一把灰烬,缓缓地抖落在桌上,就好像在欣赏一场灰烬的潇洒表演。"烧成这样了……快过来看看吧……我把骚娘们烧成了一把灰……"我声音颤抖地说:"我的笔记本呢?"她沉默着,然后淡淡笑了笑,理了理额前散乱的头发。"烧了,一块儿烧了……"她的声音透着从未有过的轻松,内心的愤怒让我的眼泪一颗一颗滴落下来。我理解妈妈这些年的感受,她是一个没有男人爱的女人。我看见你无力地靠在墙上,拳头紧握,脸颊上的肌肉紧绷着,然后猛甩假肢踢翻椅子,走出了屋门。我把灰烬包在纸里,手指竟然不敢触摸,以为赫本的身影就在里面。天黑了,我一个人打着手电筒来到外面,坐在那个大土坡上,看着满天繁星,突然想起读过的一句诗:星星是天上的弹孔。一列火车缓缓前行,我看见车厢里的灯,看不见车厢里的人。不知什么时候,你坐在了旁边,用力抽烟,烟头一明一暗,我听见你的声音:"那些杂志……你都看完了?"这几年,你是第一次这样温和地同我说话。我"嗯"了一声,想哭。你在黑暗里叹口气,说想离开家出去看看,但你没说去哪儿。你慢慢起身走下土坡,我拧亮手电筒给你照路,你在光柱里往前移动,最后被黑暗彻底淹没。手电筒光柱四处搜索,再也找不到你的身影,我突然感到了害怕,一个人的突然死亡和一个人的身影在黑暗里突然消失何其相似!为了尽快弥补专业上的缺陷,我选择了住校,跟着老师从头学习素描，然后学习水粉画、水彩画，阅读服装设计的基础书籍。妈妈告诉我，你离家出走前和她办理了离婚手续。我只能用熬夜读书排遣苦闷。看看其他女同学挽着爸爸的胳膊一起散步，我很羡慕，但我没这样的福气。晚上躺在床上，我把赫本的故事记忆一点一点打捞出来，这些记忆碎片随时会飘出来，我在床头放一个本子，想起什么就急忙记下来，这让我练就了在黑夜里快速写字的本领。这个本子可是我的宝贝，我准备在考上大学离开家的时候把它送给你。可是我们整整两年没有见面，也没有你的任何消息，我只知道你去了南方。拿到北京服装学院录取通知书的时候，我渴望你能回家看一眼，可是我们的家已经破碎。那个本子记满了与赫本有关的文字记忆，我只能一个人翻阅了。爸爸，没有你，我不知道赫本；看见赫本，我找到了从未有过的动力和希望，赫本改变了我的命运。大学毕业那年，我们在家乡见了一面。分别六年再见，你的头发已经灰白，身体倾斜的更明显了。妈妈最后和石峰叔叔结了婚。对我而言，老家的那座房子正在被看不见的力量拉扯推远，终将成为碎片。我拿出记录赫本的本子，想送给你，可你的脸色突然变了，说不想看了，都过去了，你也不想再听见这个名字了。你低下头,不停地摆手拒绝。我没能把和大学同学创办"爱赫本服装设计工作室"的想法告诉你,我们想把赫本简约雅致的生活理念传递给更多的中国女性。在北京创业三年,我们经历了甜酸苦辣,一步步向前迈进,我想和你分享这几年的生活和工作感受,可是每次拿起电话我又犹豫了。时至今日,我才渐渐明白了一个道理:不了解父亲的女儿不可能真正走向成熟。

看着写完的满满几页文字,我的心绪慢慢变得轻松透亮。我拿起手边的本子,特别想念给父亲听,他正坐在我对面的沙发上抽烟喝茶。我开始念了:"赫本,落入凡尘的天使。1929年5月4日,赫本出生在比利时布鲁塞尔。她的头发是棕色的,从小喜欢跳芭蕾,赫本最喜爱白色。1935年,赫本的父亲突然离开家去了英国,赫本是个从小就缺失父爱的女孩。"(父亲微微皱了一下眉)"1938年,赫本的父母亲正式离婚,父女俩从此没有再见面;赫本的父亲能够讲13种语言,但他却是一个有情感交流障碍的男人。很多年后,赫本和父亲见了一面,只见了这一面,她紧紧拥抱着父亲,心里很明白,这将是她最后一次拥抱父亲。"(父亲吃惊地张大嘴巴)"1945年,十五岁的赫本身高已有一百六十八公分,体重却只有四十公斤。童年的赫本在战争岁月里长大,长期营养不良让她患有气喘、黄疸等其他的疾病,使得赫本终生形体消瘦。十九岁的赫本已经明白,自己很难成为一名顶尖芭蕾舞者。"(父亲晃晃自己的假肢,遗憾地摇摇头)"1951年,法国小说家 Colette 看到赫本,马上认定她将是百老汇舞台剧《Gigi》主角的最佳人选,于是赫本前往美国纽约参加《Gigi》的演出。随后不久,赫本又顺利通过导演威廉韦勒在伦敦举行的试镜,出演美国派拉蒙电影《罗马假日》一片的女主角。1954年,赫本因在《罗马假日》里的出色表演赢得奥斯卡最佳女演员奖。"(父亲竖起大拇指)"1960年1月17日,赫本做了母亲,她的丈夫名叫梅尔,她的第一个儿子名叫肖恩·赫本·费雷。1968年赫本和梅尔离婚,同年和多蒂结婚……"(父亲惊讶地看我一眼)"赫本在婚礼上宣布'我不再是奥黛丽·赫本,我是奥黛丽·多蒂。'赫本毅然决然地离开了影坛。她说'我又在爱中了,又幸福了……我已嫁给了一个我爱的人,愿意按他的日程表生活。为什么还要重新去工作?去过那种我不想过的生活呢?'"(父亲切下一块苹果递给我,我接过来咬了一大口,继续念)"一年后,赫本的第二个儿子路卡出生了,可是这段婚姻只维持了七年。赫本感触至深地说'爱情总是伴随着风险,我们应当维护爱情的实质——爱不是一时的冲动,而是长久的考验。'"(父亲在一旁连连摇头,他肯定深有感触,我沉默下来,感觉到莫名的伤感在四周弥漫,可是父亲却说,继续念)"赫本最著名的电影作品是《罗马假日》《龙凤配》、《甜姐儿》、《蒂凡尼的早餐》,其他有名的作品还有《战争与和平》、《谜中谜》、《窈窕淑女》、《俪人行》等……"(父亲小声嘀咕一声,好像在说一部都没看过哩。我说这些电影家里都有光碟,想什么时间看都行)"赫本在《罗马假日》扮演安妮公主游览罗马城时穿的大摆裙是一套由双排扣的短夹克和斜裁圆摆裙组成的套装,在电影海报中,安妮公主的裙子被上色成蓝色,其实公主裙子的实际颜色是棕色的。"(父亲看起来饶有兴趣,他说女孩做服装设计师真不错)"1953年夏天,赫本遇见了纪梵希,他俩很快成为好朋友,赫本第一次结婚时穿的婚纱就是由纪梵希设计的。这件婚纱非常别致,是一件白色蝉翼纱面料的短款礼裙,上衣前开扣,七分灯笼袖,裙子是斜裁的,腰带束紧腰身，赫本穿着这件婚纱，头戴玫瑰花环，像一个翩翩仙子。赫本的第二次结婚礼服也由纪梵希设计，一件是粉色斜纹羊毛面料的及膝双排扣无领高腰外套，一件是粉色马海毛和羊绒的高领针织连衣裙。《甜姐儿》里的服装也是纪梵希设计的，最令人难忘的那件长及脚踝的低胸无肩带绣花大圆裙，由奶油色真丝面料制成，宽褶裙摆上用彩色丝线刺绣上一朵朵花卉，赫本在喷泉前放飞鸽子跳舞时的姿态实在太美了！"（我不知不觉停下来，看着夜空，想象赫本穿着裙子舞动的身影，父亲的神情表明他也处在想象之中。）"1961年，赫本在电影《蒂凡尼的早餐》里再次穿上纪梵希设计的服饰，三串式珍珠项链、超大镜框太阳镜、长及脚跟的无袖黑色礼服，都成为流行时尚的经典。1967年，赫本主演的电影《等到天黑》上映后，她决定完全息影，回归家庭生活。1976年，赫本息影九年后复出，和西恩·康纳利合演电影《罗宾汉和玛丽安》，她在意大利生活期间，主要穿着意大利设计师瓦伦提诺设计的服装。1993年1月20日，赫本因患癌症去世……"静默，持续的静默。我从恍惚的想象中醒来，父亲并没有坐在对面，凉意顿时溢满我的全身。

寄出写给父亲的信,我感觉到从未有过的轻快情绪,我同时也在盼望收到父亲的电话或者回信。在焦急等待了七天之后,快递员送来了父亲寄来的信件。我在接收单上签字,眼泪也滴落在接收单上。快递员一边挠头,一边迷惑地望着我。我跑进屋,拿来两个苹果硬塞进快递员的手里,脸上挂着泪,感谢他的声音却是喜悦的。我关上门,快速展开父亲的来信。这封信字迹潦草,信纸上到处是笔尖划破的痕迹,和第一封来信迥然不同。看得出父亲写这封信时情绪异常激动。我尽力克制颤抖的手指,平复呼吸,捧读父亲的回信。

小树:
你的来信我看了很多遍,我本来不想给你写回信,我不知道能对你说些什么,可是你的那句话让我忍不住提起笔——不了解父亲的女儿不可能真正走向成熟。人都是活在回忆里的,这话没错,如果过去的回忆充满伤痛,活着也就意味着更多的伤痛。事实上,自从回到家之后,我也就失去了未来。你可能会说,女儿不就是父亲的未来吗?不完全是。爸爸年轻的时候有过梦想,我喜欢文学,希望将来能成为一名中学语文老师，然而命运偏偏让我扛起枪走向战场。我用枪打死过敌人，可现在给我再多的枪、再多的子弹，我也不可能杀死记忆！没有哪一个经历过战场厮杀的战士能杀死记忆！小时候你骑在我的脖子上，拉我的耳朵，拽我的头发，这情景做过父亲的都不会忘记。我把你小时候的照片放在本子里，你的照片曾陪我度过漆黑的夜晚和战火的轰鸣。你说，我转业回到家里后经常在夜里大喊大叫，用刀在墙上乱画，舞着铁锹四处乱砍。这些事我都知道。那时候的我没疯，只是控制不住自己，我知道我在干什么，但又不知道我终究想干出什么，我只是控制不住自己。我抓扯过你妈的头发，打破过你妈的头，我也吼骂过你，推搡过你，因为我依然有被子弹随时射杀的恐惧和杀人的冲动。我和战友之前从未打过仗，每个人当然有恐惧，谁都怕死，但开过动员誓师大会后我们一下子壮了胆。我们每个人都剃光了头。凌晨就要上前线了，我们在夜里唱歌、喝酒，把芹菜掰成一小段一小段在饭盒上拼出八个字：英勇杀敌，凯旋归来！我们在白胶布上写下各自的姓名、血型和部队番号，然后把胶布贴在军装袖口和领口上，有的战友喝多了就在胳膊上贴满了白胶布，这样做是为了在负伤的时候能让卫生员一下子识别清楚。我们每个人都写了遗书。我记得很清楚,我的遗书只写了两句话就写不下去了:小树在家乡的田野奔跑,蝴蝶在小树的肩膀停歇。我走出帐篷,内心非常焦虑,那一刻,爸爸特别想你,我也想到你的母亲,虽然我们彼此的情感非常平淡。有的战友边写遗书边哭。来自安徽的彭占军是机枪手,他脸上挂着泪,仰天大声说爹妈都死了,也没兄弟姐妹,写遗书没啥屌用,咱们下辈子还做好兄弟!我们被一股浓烈的情谊包裹起来,抓起装满酒的瓷缸碰撞,一饮而尽。我们每人有一个编织袋,袋子里放着弹夹、手榴弹和食物。我们一人扛一个编织袋站成一排,即将消失的月光在每个人的钢盔上洒下淡淡的光影。这是我们第一次上战场,远处响起零星的枪声。我们到达前线,战壕已成焦土,树木在冒烟,弹壳依然滚烫。我们散开,架好枪支,摆好手榴弹,瞪大眼睛搜索敌人。看着泥土里的血污和前沿阵地上成堆的子弹壳,我们突然之间没有了恐惧感,我们摩拳擦掌,想痛杀敌人,可是敌人忽然间消失了,不见了,他们好像撤退了。我们没有发射一颗子弹,但精神依然紧绷着。我们得到命令,在黄昏时分撤下了阵地。我们扛着各自的编织袋奔跑下来,一路上都没怎么说话。彭占军一路嘟嘟囔囔,说真想打几梭子子弹过过瘾。部队首长和连队战友站在公路旁鼓掌欢迎我们,我们多少显得有些尴尬,毕竟没有发射一枪一弹就下来了。可即使这样我们还是四处寻找着老乡,我看见了石峰,他来迎接我,我俩紧紧拥抱,用力拍打各自的肩膀。他说今晚就要上前线了,我叮嘱他一定要小心。不时有装满弹药的军车轰响着驶过泥泞的山路,车轮卷起泥浆,泼洒在我们身上。周围是焦躁不安的山峦和发黄的树木,大家沉默着走回各自的帐篷休息待命。离我们不远处又搭起了几个帐篷,挂在外面布帘上的红十字标志告诉我这里是伤员急救站,路过时我听见伤员连续不断的呻吟,还听见几声"快止血"的喊叫。我呆呆地站在外面,腿脚显得僵硬。这时布帘掀开了,两个医生抬着一副担架疾步走出来,白布单盖住了伤员的半个脑袋。后面的医生朝我猛点头,我跑过去,他说还有伤员需要马上抢救,让我帮他抬担架,前面戴口罩的医生回头对我说跟她走。我握紧担架把手,手心里湿腻腻的,一股血腥味窜进鼻孔,我有点恶心。伤员昏迷不醒,看上去很年轻,额头和脖颈处缠满绷带,上面的血迹已经变黑。我们一路小跑。

这伤员还有救吗？我问医生。她沉默不语。来到一辆军车前，她停住脚步，慢慢转身，引领着我把担架轻轻放在车上。我摘下军帽，擦拭脸上的汗，余光发现摘下口罩的医生正迟疑地望着我。四目交错，我们几乎同时认出了对方。她是我的高中同学安慧。小树，爸爸现在可以告诉你，安慧是爸爸这辈子最爱的女人。我们暗恋对方，心里很清楚却没有机会表白。她在高中快毕业的时候随父亲去了外地，后来考上军校，没想到分别数年后我们竟然在前线相遇。我和安慧这一刻的相遇改变了我所有的命运，我只把这个秘密告诉过石峰一个人。后面的战事越来越激烈，我们连队来到中越边境骑线点上，越军占据一个巨大碉堡，向我们猛烈射击，我们必须在十二个小时之内夺下碉堡，只有这样才能减少伤亡，并夺下边境两侧村庄和道路的控制权。碉堡工事坚固，进攻受阻，伤亡惨重，我们班接到命令，再组建一个四人爆破组火速行军，迂回包抄，从后面发起进攻。我们每个人都背上一个炸药包，包里也装满了雷管。出发前我去见安慧，因为我有不祥的预感，担心以后再也不到她了。我想送给她一样东西留作纪念，可是身上除了弹夹、雷管和手榴弹，没有可赠的物品。我忽然想起夹在本子里的你的照片，最后又犹豫了，万一死在前线阵地，我想让你的照片陪着我。她的眼圈是黑的，低着头，一脸愁容，欲言又止，手指焦躁地缠绕在一起。我们静默地站了好一会儿。我说我走了，她迟疑了一下，点点头。我转身离去，过了一会儿听见她追赶过来的脚步声，她递给我一个苹果，叮嘱我一定要小心，她的眼神里充满了挂念之情。我永远忘不了临别那天她的眼神。我们四人爆破组出发了，大雾就像诡异的棉絮缠绕着我们，相隔几米远就看不见了队形。我们紧跟前面的战友，生怕迷失方向。喷火手是个壮族小伙，名叫格森，他背着五十多斤的喷火具跟在我身后，呼哧呼哧喘着粗气。大家停下来喝水吃压缩饼干，稍事休息，格森背着喷火具去河边洗脸，忽然大叫了一声，仰面倒在地上。班长李柱扑上去摁住他，捂住他的嘴。一阵微风吹开雾气，我们全都被眼前看见的一幕惊呆了：河面漂浮着四五具赤身裸体的鼓胀的尸体，四周一片死寂，高大的树木和低矮密匝的草丛散发着肃杀之气。班长说这是我们自己战士的尸体，是越军杀死的，他们杀死士兵后再把军装脱下来穿在身上，伪装成我们的战士侦查伏击。班长看一眼手表，命令我和彭占军赶快把尸体打捞上来埋掉。我和彭占军手抓木棒把尸体一个一个推到岸边。这些尸体有的少了半个脑袋，有的胸口部位有碗口状的伤口，皮肤是惨白色的，就连尸体上的毛发也沾着一层糊状物质，而且尸体已经开始腐烂，发出阵阵恶臭，大团白色的蛆已经被水淹死，漂浮在黑褐色的伤口附近。我忍不住跪在地上干呕。班长骂了几句，伸手拽住尸体的脚脖子，拉到岸边。他把尸体翻转过来，突然看见有的尸体肛门里插着木棍，木棍上写着汉字：杀死解放军！我们的牙齿咬得咯咯响，把木棍拔下来扔掉，合力把尸体埋进挖好的坑道里，格森在一旁哭起来。我们堆好土堆做好标记，继续在雾里沉默着前行。远处的枪炮声越来越密集了，因为我们离碉堡越来越近了。红色、黄色、黑色的烟雾在树丛上空盘旋，水泥浇筑的碉堡像个巨大的圆形锅盆，在阳光下反射出灰白色的刺眼的光。班长让我们把所有的炸药集中在一起，捆绑成两个大炸药包。彭占军是大块头，他胸前挂着机枪，后背驮着炸药包。格森手握喷火枪躲在大树后面，大口大口喘气，眼神里似乎能喷出火来。我们都看着班长，眼神在问他我们能攻下碉堡吗？他没有回答，不停地咽吐沫。我们在草丛里弯腰前进，慢慢靠近碉堡，距离近到能看见子弹和炮弹碎片击中碉堡留下的密集弹痕，越军躲在里面疯狂扫射着碉堡前方，进攻的士兵伤亡太大了，可时间不等人。碉堡前的草丛在子弹的扫射下疯狂颤抖，变成焦黄碎屑四处飞散。格森对班长说，碉堡是封闭起来的，炸药包放在外面很难有杀伤力，而且碉堡的射击孔很小，炸药包很难塞进去，用喷火枪对着碉堡射击孔往里面喷肯定能使上劲。班长使劲点点头，说多带几把喷火枪就好了。格森看我们一眼，一声不吭地往前爬。他背后的喷火具死沉死沉，我感觉到脊背一阵酸麻。格森爬到岩壁下面，他前方的射击孔喷出的火舌足有一尺长。我们屏住呼吸，都捏了一把汗。格森掏出一个手榴弹扔过去，随着手榴弹的爆炸烟雾，临近格森的射击孔停止了射击。格森急速翻滚过去，将喷火枪对准射击孔一阵扫射，我们能看见火舌从碉堡另一端的射击孔里冒出来。班长带领我们冲上去。格森忽然兴奋地站起半个身子扫射火焰，一边哈哈大笑。彭占军随后往射击孔里扔进几颗手榴弹，几声闷响过后，我们听见碉堡里的惨叫声。越军没想到我们会从背后偷袭。彭占军端着机枪冲到碉堡出口，等着逃窜出来的越军。格森也跑过来，他的眼睛血红，人完全疯狂了。我和班长把身上的雷管全都扔进了碉堡,烟雾和尘土弥漫四周,让人睁不开眼。越军从碉堡里逃窜出来,彭占军扣动扳机,哇哇大叫,格森把碉堡出口变成了火场。但是我和班长忽然看见一个巨大的火球在眼前升腾,那是格森的喷火具被子弹击中着了火,格森一下子成了火人,他在拼命挣扎,手里的喷火枪依然往外喷着火焰。火球越来越大,格森痛苦哀叫,先是扭曲着跪倒在地,随后整个身体卧在火焰里向前蠕动,动作越来越小。我大声喊叫着格森的名字,眼泪快流出来了,班长端起冲锋枪,嘴角颤抖着打死了格森。随后又响了几声爆炸和极强的扫射声响,四周突然平静下来,烟雾和刺鼻的火药味在飘荡。我们发现了彭占军,他斜靠在石头上,目光空洞无神,不停地咳嗽,鲜血从嘴巴里大股大股地流出来。我走上前,捂住他胸部的伤口,才发现他的右胳膊不见了。彭占军已经说不出完整的话来,但他的眼神一直搜寻着什么,胳膊……他说他要他的胳膊,我帮他寻找胳膊。彭占军动了动脚,说前面……前面……我看见了他的胳膊正躺在草丛里,右手僵硬着张开,其中一根手指头抖了两下突然停止了。他的手掌像要在空气中奋力抓取最后的希望;包裹胳膊的衣服上贴着一块早已变黑的胶布。我抱着他的胳膊就像抱着一根散发着火药味的木头。我看见"彭占军"歪歪扭扭的三个字。我蹲下身,把胳膊递过去,彭占军挣扎着伸出左手,把右胳膊紧紧搂抱在怀里,马上抽泣起来,眼泪和嘴里流出的血混在一起。班长走过来,低声对我说,不行了,他不行了。碉堡里共有二十几名越军,全部被我们歼灭。我和班长进去查看,又是一阵胡乱扫射,直到地上的尸体变成马蜂窝才稍稍解气。班长掏出一根香烟,就着地上的火苗点燃,猛吸几口,叹口气坐在地上。碉堡很低,空间却很大,墙边堆满了弹药箱和食物,弹药箱上还印着"中国军工"四个大字。看见这一幕真是愤怒啊!我对着眼前的尸体又是一阵点射,一个越军的脑袋崩裂,脑浆"噗"地喷到我的脸上,可我一点都不感到恶心,相反倒有极端的快感。继续往里走,我在墙边发现一个深褐色的皮箱,皮箱的一角正在燃烧,火苗正渐渐点燃旁边一个死去的越军连长的尸体,他可能是这个碉堡的指挥官。我用枪管拨开皮箱,看见一摞杂志,杂志上的女人非常漂亮,穿着裙子,正对着我笑,我突然发觉杂志上的女人和安慧很像,五官和神情都很像。太神奇了!班长还在抽烟,我继续拨动皮箱,发现杂志下面还有散落的香烟。这些杂志都是我在国内没有看见过的。我想到了安慧，想把这些杂志送给她，让她看一看和自己相貌很像的外国女人，她一定会惊奇万分！当时的我非常兴奋，握在手里的枪都在抖动。我把杂志悄悄藏在背包里，把香烟拿出来扔给班长。进攻的士兵冲上来了，他们打扫战场，我和班长坐在冒烟的草地上发呆。士兵们在我眼前晃动，我脑子里全是安慧和那个外国女人的影子。一个士兵拿半自动步枪枪托狠砸越军尸体的脑袋，把眼珠子都砸出来了，说他们才死了二十几个人，我们却死了一百多个弟兄。回到营地，我顾不上停歇，去临时救护站找安慧，却得到消息，安慧去前线救护伤员去了，晚上才能回来。临时救护站里躺满了伤员，大家都在议论前线上的战事，我们的伤亡远远大于越军。越军更熟悉地形，上前线的中国士兵都没有实战的经验。到了晚上，安慧还没有回来。坐在帐篷里，看着沾满泥泞的书包，想象着几个小时前的激战，战友活活死在眼前，眼泪竟落下来，怎么也控制不住。班长仰面躺在行军床上，一边喝酒，一边骂越军的娘，说下回杀死越军，不光脱掉他们的衣服，还要把他们挂在树上，让野猪啃，让疯狗咬！我站起来大声说我也会这么干!战争让人变得残忍麻木,复仇之心是唯一可以信赖的。深夜,我躲在被子里,掏出手电筒看杂志上的女人。美丽的女人,美丽的安慧。那一刻,安慧变得更漂亮了,杂志上的女人就是安慧。我看不懂上面的文字,摸着图片也是享受。我把杂志贴在胸口上,想象安慧看到之后会有什么样的反应,她一定会笑,一定会说太好看了,太神奇了。只要安慧高兴就行。我想起过去的中学时光,我和安慧在校园柳树下讨论《静静的顿河》和《战争与和平》,一起为主人公的命运纠结叹息。小树,那是爸爸的初恋,没有牵手、没有亲吻的初恋。班长忽然掀开我的被子,醉醺醺地说我干嘛在被子里笑。我笑了吗?我自己也不知道。他没看见我手里的杂志。我知道不上缴战利品是要挨处分的,至于香烟是不是战利品,上面没有明确说明。反正我觉得这些杂志一定属于战利品,因为每个男人和女人看见了都会喜欢,这个女人实在太漂亮了,她的美不是简单的妩媚,而是单纯之中透着亲切之情。我知道,这些都是资产阶级的杂志,我们不该看资产阶级杂志,但是我还是忍不住藏起来,我一定要送给安慧看一看。接下来的日子里,我们又打了几仗,和安慧没能见面,但我坚信一定能见到她。

我背着这些杂志打仗,心情忽然变得愉悦起来。我最难忘的是一次突击战。我们连队攻下山头,俘虏了十几名越军,又接到命令去包抄另一个山头上的越军。俘虏怎么办?连长请示后得到指示,带着俘虏急行军,我们都很郁闷,但上面有命令,谁也不能违抗。我们用绳子捆紧俘虏的手腕,牵着他们快速奔跑。连长从前面传话:快速前进,看好俘虏!可是连长的话传到后面慢慢变了调:快速前进,杀死俘虏!或许是战友故意传错的。班长李柱拿起冲锋枪准备射击,俘虏一个一个跪倒在地求饶,说有重要情报,求我们不要杀死他们。不知怎的,我突然跑上前按下班长的枪管,班长满眼迷惑,脖子上青筋鼓胀。连长跑过来,狠狠地捶了李柱一拳。俘虏的情报非常重要,前面不远处就是越军一个指挥哨所,我们派了四五个人就将一个指挥官俘虏了,他无意中说出一个越军诡计:他们一边打仗一边掩埋越军尸体,就是为了不让我们知道实际伤亡数字,蛊惑我们的指挥员,让我们的士兵焦躁不安。越军指挥官带着连长去附近的山丘,挖出了几十具越军尸骸。连长后来荣获了二等功,因为这个情报大大减轻了我军前线最高指挥官的压力,鼓舞了战士们的士气!不过从那以后,我和班长的关系日渐疏远，或许在他眼里，我那天按下他枪管的举动多少有点假惺惺，但我必须承认，看过杂志上的女人，想象某一天和安慧再次重逢的情景，我明白了一个简单的道理：无论是谁，死了就没有机会了。那天从战场上撤下来，夕阳温柔地洒满山峦和田野，天空虽然有硝烟，可是鸟鸣带来的是更多的轻松，河面上泛着斑驳的光影，悄无声息地移动着。我们的部队离安慧越来越远，我对她的思念之情愈发浓烈。我提着背包，却不敢拿出杂志坐在树下田边欣赏。思念让人走神，子弹、炮弹不长眼，地雷最爱倒霉鬼。排雷兵已经开出一条安全通道，我却被前方的山野吸引，莫名其妙绕开了安全指示，走向旁边的田埂。我踩中了地雷。随着一声巨响，我看见背包和我的右小腿一齐飞上了天。没有疼痛感，只有麻木，耳膜被某种力量紧紧压迫，听不见任何声音。我看见红色的液体冲向蓝天，色彩斑斓的杂志错落飞舞，还看见班长李柱正飞奔而来。我移动目光，看见自己的右小腿挂在一棵树上晃荡。我在一闪念间提醒自己，必须赶快把杂志收好，不能被班长发现。这些是战利品，这些都是资产阶级杂志。我不能背着挨处分的骂名转业回家。写到这里，我忽然意识到班长其实已经发现了这个秘密,因为他背我走的时候我已经处在昏迷状态。我在急救床上醒来,看见班长笑眯眯望着我,指指床边的背包,一句话也没说。他嘱咐我好好养伤,又和我招招手,就走出了帐篷。班长或许因为看见我少了一条腿才没把我私藏杂志的事通报给上级吧。无论怎么说,我从心里感激他。没过多久,我听说班长在一场阻击战中阵亡了,死得很惨烈,他被越军俘获时拉响了两颗手榴弹,整个胸膛和脑袋都炸没了。他以前对我说过,当俘虏的滋味最不好受,即使活着回来也跟死了差不多,还不如在战场上自己把自己干掉,顺带再干掉几个敌人,这样的死亡方式最爷们,还能给家里落下个"烈士家庭"的荣誉。石峰也被抬下来了,他不小心踩中竹子,脚底被刺穿,不能走路。我俩在一个急救站相遇,他拄着拐杖走进帐篷,告诉我安慧死了,他亲眼看见安慧抢救伤员的时候被炸死的。我当然不相信他的话,但越是这样他的描述越让我伤心不已。他说炮弹飞来的时候,安慧为了保护伤员,整个身体趴在伤员身上,炮弹皮削掉了她半个后脑勺。她的脸没有受伤,神态非常安静,好像正在做梦。我又能说什么呢?我埋下头,眼泪滚落在被单上。我没有留下一张安慧的照片,这是我的终身遗憾。这些杂志不能弥补伤痛,真人已经死了,酷似安慧的女人只能让我更加伤心。我偷偷取出杂志,想把它们埋掉,或者一把火烧光。我最终没有烧掉杂志,一旦烧掉,这辈子就再也见不到安慧了。回到家,眼前的一切依旧,我的心却万分失落。石峰虽然只是轻伤,但他抓获了三个俘虏,立了个三等功。我失去了右小腿,失去了安慧,也失去了生活的热情,留在脑海里的只有战场上的惨烈场面和死去战友的血污躯体。我不敢看这些杂志,想来想去还是把它们包好埋在了树林里。小树,过去的一幕似乎已经淡忘,那一年,是你又让我把它们挖出来,但我不怪你,事实上爸爸还要感谢你。你母亲最终烧光了杂志,这样也好,一切化成灰也好。我不想再有牵挂,只想远远地离开这个家。我来到广西越战烈士陵园,想看看过去的战友。每块墓碑上都刻有"烈士"两个字,这是一大片烈士墓葬群。墓碑前的枯草长得太高了,都能把我盖住。我割除这些枯草,路过的人以为我是个瘸腿疯子。安慧的尸骸或许就埋在那里吧,我起先是猜测,再后来我坚信安慧一定埋在这里,每一块墓碑下面都可能有安慧的遗骸。能够这样想象,感觉很幸福。小树,当医生查出我患了前列腺癌之后,我反而变得轻松起来。我没死在战场已经知足,我比那些死去的战友又多活了二十多年。这几年,我一直关注你在北京的发展,你创办的"爱赫本服装设计工作室"我在报纸上读到过。我想你应该知道为什么后来我回避与赫本有关的回忆了。你热爱赫本,因为赫本对你是活生生的存在,而安慧已经远去。再说,哪一个父亲不希望自己的儿女工作顺心、事业有成呢?我想去瑞士结束余生,只是想让自己死的更舒服些。不过,当你为我办好去瑞士的签证,我或许已经没有力气登上飞机了。人生充满苦痛,我们有幸来过。让过去的都过去吧,能重逢的一定会在死后重逢。

"爸爸……"我听见自己内心的声音,泪水已经挂满脸颊。透过泪眼,我看见墙上的赫本,安静、纯粹的赫本。这是《罗马假日》里的安妮公主,还是赫本本人?我的思绪又和安慧联结在一起,我从未见过她,又仿佛和她认识。我为自己的母亲感到伤悲。安慧是父亲心中的女人,是父亲一辈子的女人,他们之间没有山盟海誓,没有肌肤之亲,留存在心间的却是清澈朴素的情感。

我打开电脑，查到飞往家乡的最早航班上午九点钟起飞。现在是凌晨一点，我决定马上出发赶往机场。坐上出租车，我摇下车窗，呼吸着春末夏初的夜风，感受到从未有过的异样轻松。风吹头发掠过嘴角，我轻轻咬住，随后又狠狠地咬紧嘴唇。"人生充满苦痛，我们有幸来过，"这是父亲信里的话。此刻，我体味到活着的另一层含义。我恳请出租车司机加快速度前进，因为我知道，早一点赶到机场，离家的距离就不会太远。

点点滴滴（后记）

读过不少作家对小说的妙解，艾丽丝·门罗的体悟非常亲切。她说，小说是一间带窗户的房间，吸引读者走进去，还能透过窗户往外看，看见窗外自己（读者）的生活。作为一位年届八旬的短篇小说大家，她的写作思维简单而锐利。她说："我想让读者感受到的惊奇之处，不是发生了什么，而是发生的方式。"

去超市买菜，听见一男一女在争吵：

女：你出门怎么不带钥匙？臭毛病！

男：我的钥匙丢了！你怎么不带！

女：我的钥匙也丢了！刚才还在，现在找不到了！

男：再找找！再找找！

女：找了！丢了！

生活的钥匙。或者说，生活的钥匙在哪儿？

有的人握住了生活的钥匙，有的人至少握住了两把生活的钥匙，甚至三把、四把、五把……有的人握住的是一把断了的钥匙。

在现实的中国，依然有更多的人两手空空。

没有自己的家，连钥匙都是租来的。

"词语是空间。找到属于自己的词语，你才能感知与这个世界的连结距离。空间的大与小，光线的明与暗，语意的明快与晦涩，都是你自己的选择，找到选择就好。黑咖啡女人。我找到这个词语，并将这个词语构建在一个临街小屋。我是咖啡屋主人。熟悉我的朋友大多惊诧我的决定，在他们眼里，放弃在美国波士顿精神治疗师的高薪职位，只身回到北京或许是个错误。"

这是新写的短篇小说《疗伤课》的开头文字。忍不住想象自己会选择什么样的词语。

路过一家音像店，店主是位老者，仰头在看电影《遗产清单》。两个老男人面对生命和情谊的故事。以前看过，忍不住停下来再看。电影结尾时记住了下面的台词："我还不知道生活的意义到底是什么，但我可以至少告诉你，死亡降临之时，我的眼睛紧闭，心灵是敞开的。"

茶：人在草木间，才不脱地气。

故事创意+语感+叙事节奏+阅读后的想象空间

我喜欢有三个"+"号的短篇小说。对现代短篇小说写作而言，故事创意的力量优于故事叙事本身，它是写作者的文学DNA。

我手写我心，是写作的一个层面。

我手写他心，是写作的更高层面。

感谢《人民文学》、《上海文学》、《十月》、《山花》杂志刊发本人的作品。感谢吴颖女士的协助，封面奥黛丽·赫本的肖像图片得到了美国Everett和TPG公司的正式授权。感谢谢刚社长，以及资深编辑刘雁。

小说集《赫本啊赫本》读后感：

图书在版编目（CIP）数据

赫本啊赫本 / 蒋一谈著. ——北京：新星出版社，2011.5
ISBN 978-7-5133-0247-0
Ⅰ.①赫… Ⅱ.①蒋… Ⅲ.①短篇小说－小说集－中国－当代
Ⅳ.① I247.7
中国版本图书馆 CIP 数据核字（2011）第 061714 号

赫本啊赫本

蒋一谈 著

责任编辑：高小茶
责任印制：韦 舰

出版发行：新星出版社
出 版 人：谢 刚
社　　址：北京市西城区车公庄大街丙 3 号楼 100044
网　　址：www.newstarpress.com
电　　话：010-88310888
传　　真：010-88310899
法律顾问：北京市大成律师事务所

读者服务：010-88310800　service@newstarpress.com
邮购地址：北京市西城区车公庄大街丙 3 号楼 100044

印	刷：	北京国彩印刷有限公司
开	本：	787×1092　1/32
印	张：	7
字	数：	110 千字
版	次：	2011 年 5 月第一版　2011 年 5 月第一次印刷
书	号：	ISBN 978-7-5133-0247-0
定	价：	26.00 元

版权专有，侵权必究；如有质量问题，请与出版社联系更换。